A estrada

Cormac McCarthy

A estrada

TRADUÇÃO
Adriana Lisboa

2ª edição

ALFAGUARA

Copyright © 2006 by Cormac McCarthy

Grafia atualizada segundo o Acordo Ortográfico da Língua Portuguesa de 1990, que entrou em vigor no Brasil em 2009.

Título original
The Road

Capa e ilustração
Casa Rex

Revisão
Ana Kronemberger
Marcelo Magalhães
Raquel Grillo
Marise Leal

Dados Internacionais de Catalogação na Publicação (CIP)
(Câmara Brasileira do Livro, SP, Brasil)

McCarthy, Cormac
    A estrada / Cormac McCarthy ; tradução de Adriana Lisboa. — 2ª ed. — Rio de Janeiro : Objetiva, 2025.

    Título original : The Road.
    ISBN: 978-85-5652-258-0

    1. Ficção norte-americana. I. Título.

25-247636   CDD: 813

Índice para catálogo sistemático:
1. Ficção : Literatura norte-americana 813

Cibele Maria Dias — Bibliotecária — CRB-8/9427

Todos os direitos desta edição reservados à
EDITORA SCHWARCZ S.A.
Praça Floriano, 19, sala 3001 — Cinelândia
20031-050 — Rio de Janeiro — RJ
Telefone: (21) 3993-7510
www.companhiadasletras.com.br
www.blogdacompanhia.com.br
facebook.com/alfaguara.br
instagram.com/editora_alfaguara
x.com/alfaguara_br

Este livro é dedicado a John Francis McCarthy

Quando ele acordava na floresta no escuro e no frio da noite, estendia o braço para tocar a criança adormecida ao seu lado. Noites escuras para além da escuridão e cada um dos dias mais cinzento do que o anterior. Como o início de um glaucoma frio que apagava progressivamente o mundo. Sua mão subia e descia de leve com cada preciosa respiração. Removeu a lona de plástico e se levantou em meio às roupas e cobertas fedorentas e olhou para o leste em busca de alguma luz, mas não havia nenhuma. No sonho do qual acordara ele andava a esmo numa caverna onde a criança o levava pela mão. A luz deles brincando sobre as paredes úmidas de rocha calcária. Como peregrinos numa fábula engolidos e perdidos nas entranhas de alguma besta de granito. Buracos profundos na pedra onde a água gotejava e cantava. Contando no silêncio os minutos da terra e suas horas e dias e os anos sem cessar. Até eles se encontrarem num grande salão de pedra onde havia um lago negro e antigo. E na outra margem uma criatura que erguia sua boca gotejante do poço de pedra calcária e fitava a luz com olhos brancos e mortiços, cegos como os olhos das aranhas. Esticou a cabeça sobre a água como se tentasse sentir o cheiro daquilo que não podia ver. Agachada ali pálida e nua e translúcida, seus ossos de alabastro projetados em sombras nas rochas atrás dela. Seus intestinos, seu coração palpitante. O cérebro que pulsava num sino de vidro fosco. Balançava a cabeça para um lado e para o outro, depois soltou um gemido baixo e se virou e se afastou com uma guinada e correu sem fazer barulho para dentro da escuridão.

Com a primeira luz cinzenta ele se levantou e deixou o menino dormindo e caminhou até a estrada e se agachou e estudou a região que ficava ao sul. Árida, silenciosa, sem deus. Ele achava que o mês era outubro, mas não tinha certeza. Fazia anos que não tinha um calendário. Estavam seguindo para o sul. Não haveria como sobreviver a mais um inverno ali.

Quando havia luz suficiente para usar o binóculo ele observou o vale lá embaixo. Tudo empalidecendo na névoa. As cinzas macias voando em espirais vagas sobre o asfalto. Ele examinava o que conseguia ver. Os pedaços da estrada lá embaixo em meio a árvores mortas. Procurando alguma cor. Algum movimento. Algum traço de fumaça subindo no ar. Abaixou o binóculo e puxou para baixo a máscara de algodão que estava sobre seu rosto, limpou o nariz nas costas do punho e em seguida percorreu a região com o binóculo novamente. Depois apenas ficou sentado ali segurando o binóculo e observando a luz cinzenta do dia se solidificar sobre a terra. Sabia apenas que a criança era sua garantia. Disse: Se ele não é a palavra de Deus, Deus nunca falou.

Quando voltou o menino ainda estava adormecido. Puxou a lona de plástico azul de cima dele, dobrou-a e a carregou até o carrinho de supermercado, guardou-a e voltou com seus pratos e alguns bolos de fubá numa bolsa de plástico e uma garrafa plástica com xarope. Estendeu no chão a pequena lona que usavam como mesa e dispôs tudo e tirou o revólver do cinto e o colocou sobre o pano e depois ficou apenas sentado observando o menino dormir. Ele havia arrancado a máscara durante a noite e estava enterrado em algum lugar debaixo dos cobertores. Ele observava o menino e olhava para a estrada lá adiante através das árvores. Aquele não era um lugar seguro. Podiam ser vistos da estrada agora que era dia. O menino se virou nos cobertores. Depois abriu os olhos. Oi, Papai, ele disse.

Estou bem aqui.

Eu sei.

Uma hora mais tarde estavam na estrada. Ele empurrava o carrinho e tanto ele quanto o menino carregavam mochilas. Nas mochilas estavam coisas essenciais. Caso tivessem que abandonar o carrinho e correr para salvar suas vidas. Preso à barra do carrinho de supermercado havia um espelho retrovisor para motocicleta que ele usava para observar a estrada atrás deles. Ajeitou a mochila mais alto sobre o ombro e olhou para o terreno árido adiante. A estrada estava vazia. Lá embaixo no pequeno vale a serpentina imóvel e cinzenta de um rio. Parada e precisa. Ao longo da margem um feixe de juncos mortos. Você está bem? ele disse. O menino fez que sim. Então partiram sobre o asfalto sob a luz cinza-chumbo, caminhando vagarosamente por entre as cinzas, cada um o mundo inteiro do outro.

Atravessaram o rio por uma velha ponte de concreto e alguns quilômetros depois chegaram a um posto de gasolina de beira de estrada. Ficaram parados na estrada e o examinaram. Acho que devíamos ir ver, o homem disse. Dar uma olhada. O mato que eles atravessavam virava pó ao seu redor. Cruzaram o trecho rachado de asfalto e encontraram o tanque das bombas. A tampa tinha sumido e o homem deitou apoiado nos cotovelos para cheirar o cano, mas o odor de gasolina não passava de um rumor, fraco e velho. Ele se levantou e olhou para a construção. As bombas ali com as mangueiras estranhamente ainda no lugar. As janelas intactas. A porta para a oficina estava aberta e ele entrou. Uma caixa de ferramentas de metal de pé junto a uma das paredes. Vasculhou as gavetas mas não havia nada ali que pudesse usar. Chaves de boca de meia polegada em boas condições. Uma chave de catraca. Ficou olhando ao redor para a garagem. Um barril de metal cheio de lixo. Foi até o escritório. Poeira e cinzas em toda parte. O menino estava parado na porta. Uma mesa de metal, uma caixa registradora. Alguns velhos manuais automotivos, inchados e empapados. O linóleo estava manchado e ondulado por causa dos vazamentos do teto. Ele foi até a mesa e parou ali. Então pegou o telefone e ligou para o número que era da casa de seu pai tanto tempo atrás. O menino o observava. O que você está fazendo? ele disse.

Cerca de meio quilômetro adiante na estrada ele parou e olhou para trás. Não estamos pensando, falou. Temos que voltar. Ele empurrou o carrinho para fora da estrada e inclinou-o num local onde não poderia ser visto e deixaram suas mochilas e voltaram ao posto de gasolina. Na oficina ele arrastou para fora o barril com o lixo e virou-o de cabeça para baixo e tirou todas as garrafas de óleo de um litro. Em seguida sentaram-se no chão para decantar os resíduos de uma por uma, deixando as garrafas de cabeça para baixo escorrendo dentro de um recipiente até conseguirem quase meio litro de óleo de motor. Ele desatarraxou a tampa de plástico e enxugou a garrafa com um trapo e sentiu seu peso na mão. Óleo para que a pequena lamparina deles pudesse iluminar os longos entardeceres cinzentos, as longas auroras cinzentas. Você pode ler uma história para mim, o menino disse. Não pode, Papai? Sim, ele disse. Posso.

Do outro lado do vale do rio a estrada atravessava uma região completamente queimada. Troncos de árvores carbonizados e sem galhos estendendo-se de cada lado. Fumaça movendo-se sobre a estrada e as pontas arqueadas de fios elétricos presos aos postes de luz enegrecidos assobiando baixinho no vento. Uma casa queimada numa clareira e atrás dela uma extensão de pradaria desolada e cinzenta e uma faixa de terra enlameada e vermelha onde um canteiro de obras de estrada jazia abandonado. Mais adiante havia outdoors anunciando motéis. Tudo como havia sido antes, mas desbotado e gasto pelo tempo. No alto da colina pararam no frio e no vento, recuperando o fôlego. Ele olhou para o menino. Eu estou bem, o menino disse. O homem colocou a mão em seu ombro e apontou com a cabeça para a região descoberta lá embaixo. Ele tirou o binóculo do carrinho e ficou parado na estrada e examinou de um lado a outro a planície lá embaixo onde a silhueta de uma cidade se erguia em meio ao cinza como um rascunho feito a carvão sobre a terra desolada. Nada para se ver. Nenhuma fumaça. Posso ver? o menino disse. Sim. Claro que pode. O menino se apoiou no carrinho e ajustou o foco. O que você vê? o homem disse. Nada. Ele abaixou o binóculo. Está chovendo. Sim, o homem disse. Eu sei.

* * *

Deixaram o carrinho numa vala coberto com a lona e avançaram encosta acima em meio aos tocos negros das árvores que ainda se encontravam de pé até o local onde ele tinha visto um trecho de rocha proeminente e se sentaram sob a saliência da rocha e ficaram observando os lençóis cinzentos de chuva estendendo-se através do vale. Estava muito frio. Ficaram sentados bem juntos embrulhados cada um num cobertor por cima do casaco e depois de algum tempo a chuva parou e havia apenas água gotejando no bosque.

Quando o tempo clareou, desceram até o carrinho e puxaram a lona de cima dele e pegaram os cobertores e as coisas de que iam precisar para a noite. Subiram novamente a colina e arrumaram o acampamento na terra seca sob as rochas e o homem se sentou com os braços ao redor do menino tentando aquecê-lo. Embrulhados nos cobertores, observando o escuro sem nome vir envolvê-los. O vulto cinzento da cidade sumia com a chegada da noite como uma aparição e ele acendeu a pequena lamparina e a colocou de volta fora do alcance do vento. Então caminharam até a estrada, ele segurou a mão do menino e foram até o alto da colina onde a estrada chegava em seu ponto mais alto e de onde podiam enxergar mais adiante através da extensão de terra cada vez mais escura ao sul, de pé ali no vento, envolvidos por seus cobertores, atentos a qualquer sinal de uma fogueira ou lamparina. Não havia nada. A lamparina nas rochas na parte lateral da colina não passava de um pontinho de luz e depois de algum tempo eles voltaram. Tudo úmido demais para acender uma fogueira. Fizeram sua magra refeição e se deitaram nas cobertas com a lanterna entre eles. Ele tinha trazido o livro do menino, mas o menino estava cansado demais para a leitura. A gente pode deixar a lamparina acesa até eu pegar no sono? ele disse. Sim. Claro que pode.

Ele demorou muito para pegar no sono. Depois de um tempo se virou e olhou para o homem. Seu rosto sob a luz fraca rajado de preto por causa da chuva, como algum ator do velho mundo. Posso te perguntar uma coisa? ele disse.

Pode. Claro.

A gente vai morrer?

Em algum momento. Não agora.

E ainda estamos indo para o sul.

Sim.

Para ficarmos aquecidos.

Sim.

Tudo bem.

Tudo bem o quê?

Nada. Só tudo bem.

Vá dormir.

Tudo bem.

Vou apagar a lamparina. Está bem?

Sim. Está bem.

E então mais tarde na escuridão: Posso te perguntar uma coisa?

Pode. É claro que pode.

O que você faria se eu morresse?

Se você morresse eu ia querer morrer também.

Para poder ficar comigo?

É. Para poder ficar com você.

Tudo bem.

Ele ficou deitado ouvindo a água gotejar no bosque. Um leito de pedra, isto. O frio e o silêncio. As cinzas do mundo falecido carregadas pelos ventos frios e profanos para um lado e para o outro no vazio. Levadas para adiante e espalhadas e levadas para adiante outra vez. Todas as coisas retiradas de seu suporte. Sem esteio no ar tomado pelas cinzas. Sustentadas por uma respiração, trêmulas e breves. Se apenas meu coração fosse de pedra.

Ele acordou antes da aurora e ficou vendo o dia cinzento raiar. Lento e meio opaco. Levantou-se enquanto o menino dormia e calçou os sapatos e envolto pelo cobertor caminhou através das árvores. Desceu para dentro de uma fenda na pedra e ali se agachou tossindo e tossiu durante um longo tempo. Depois ficou apenas ajoelhado nas cinzas. Ergueu o rosto para a manhã pálida. Você está aí? ele sussurrou. Vou te ver enfim? Você tem um pescoço que eu possa estrangular? Você tem um coração? Maldito seja eternamente você tem uma alma? Oh Deus, ele sussurrou. Oh Deus.

Atravessaram a cidade ao meio-dia do dia seguinte. O revólver estava à mão na lona dobrada por cima do carrinho. Mantinha o menino bem perto, ao seu lado. A cidade estava quase toda queimada. Nenhum sinal de vida. Carros na rua incrustada de cinzas, tudo coberto de cinza e poeira. Rastros fósseis na lama seca. Um cadáver na soleira de uma porta seco feito couro. Arreganhando os dentes para o dia. Ele puxou o menino mais para perto. Apenas se lembre que as coisas que você põe na cabeça ficam lá para sempre, falou. Você talvez queira pensar sobre isso.

Você se esquece de algumas coisas, não se esquece?

Sim. Você se esquece do que quer lembrar e se lembra do que quer esquecer.

Havia um lago a cerca de um quilômetro e meio da fazenda de seu tio onde ele e o tio costumavam ir no outono buscar lenha. Ele se sentava na parte de trás do barco a remo colocando a mão na espuma fria enquanto o tio se curvava sobre os remos. Os pés do velho em seus sapatos pretos de criança firmes sobre as traves verticais. Seu chapéu de palha. Seu cachimbo de sabugo nos dentes e um filete de baba oscilando do pé do cachimbo. Ele se virou para ver a margem oposta, segurando no colo os punhos dos remos, tirando o cachimbo da boca para enxugar o queixo com as costas da mão. Na margem havia uma fileira de bétulas que se elevavam com uma brancura de osso contra a escuridão da mata verde lá atrás. A beira do lago um emaranhado de raízes retorcidas de árvores, cinzentas e gastas pelo tempo, as árvores arrancadas por algum furacão anos antes. As árvores em si já tinham sido serradas havia muito para fazer lenha e levadas embora. Seu tio virou o barco e recolheu os remos e foram levados aos bancos de areia até a popa raspar na areia. Uma perca morta de barriga para cima na água límpida. Folhas amarelas. Deixaram os sapatos nas bordas pintadas e mornas e arrastaram o barco até a praia e colocaram a âncora no final da corda. Uma lata de banha cheia de concreto com um parafuso com anel no centro. Caminharam pela margem enquanto seu tio examinava as raízes das árvores, fumando o cachimbo, uma corda de fibra enroscada sobre o ombro. Pegou uma e eles a viraram de cabeça para baixo, usando as raízes como alavanca, até conseguirem deixá-la meio flutuando na água. Calças enroladas até o joelho mas mesmo assim se molharam. Amarraram a corda a um cunho na parte de trás do barco e remaram de volta atravessando o lago, trazendo o tronco que oscilava devagar atrás deles. A essa altura já era noite. Somente o lento e periódico sacudir e o oscilar dos toletes. O espelho escuro do lago e as luzes nas janelas se acendendo ao longo da margem. Um rádio em algum lugar. Nenhum dos dois havia dito uma palavra. Esse era o dia perfeito de sua infância. Esse era o dia certo para servir de molde aos seus outros dias.

Rumaram para o sul nos dias e semanas seguintes. Solitários e obstinados. Uma região de colinas nuas. Casas de alumínio. Às vezes podiam ver trechos da rodovia interestadual lá embaixo através dos troncos lisos de mata de reflorestamento. Frio e ficando mais frio. Logo depois do desfiladeiro alto nas montanhas eles pararam e olharam para o grande golfo ao sul e, até onde podiam ver, os campos estavam queimados, os vultos escurecidos de rocha projetando-se dos baixios de cinza e ondas de cinza se erguendo e soprando para baixo através da desolação. O rastro do sol fraco movendo-se invisível para além da escuridão.

Havia dias que atravessavam aquele terreno cauterizado. O menino tinha encontrado alguns gizes de cera e tinha pintado o rosto com presas e caminhava penosamente sem reclamar. Uma das rodas dianteiras do carrinho tinha dado defeito. O que fazer a respeito?

Nada. Onde tudo diante deles estava queimado até as cinzas não havia como fazer fogo e as noites eram mais compridas e frias do que qualquer coisa que eles tivessem encontrado até ali. Frias a ponto de fazer estalar as pedras. De tirar a sua vida. Ele segurava o menino trêmulo junto do corpo e contava cada frágil respiração no escuro.

Acordou com o som de trovão à distância e se sentou. A luz fraca em toda parte, trêmula e difusa, refratada pela chuva de fuligem oscilando no ar. Puxou a lona ao redor deles e ficou acordado durante um longo tempo, escutando. Se eles se molhassem não haveria uma fogueira diante da qual se secar. Se eles se molhassem provavelmente morreriam.

A escuridão que via ao acordar nessas noites era cega e impenetrável. Uma escuridão capaz de fazer doer seus ouvidos quando se punha a escutar. Com frequência ele tinha que se levantar. Nenhum som além do vento nas árvores nuas e enegrecidas. Ele se levantou e ficou cambaleando naquela escuridão fria e autista com os braços estendidos para se equilibrar enquanto os cálculos nos recessos do seu crânio tentavam com esforço chegar a conclusões. Uma velha narrativa. Tentar ficar em pé. Não havia queda que não se antecedesse por uma inclinação. Ele marchava a passos largos no nada, contando-os para poder voltar. Olhos fechados, braços remando. Ereto em relação a quê? Algo sem nome na noite, veio ou matriz. Para o qual ele e as estrelas eram satélite comum. Como o grande pêndulo em sua rotunda marcando inscrições nos longos movimentos diurnos do universo, dos quais é possível dizer que ele não sabe nada, e no entanto deveria saber.

Foram necessários dois dias para atravessar aquela região pedregosa e coberta pelas cinzas. A estrada adiante corria pelo topo de uma serrania onde o bosque árido descia pela encosta por todos os lados. Está nevando, o menino disse. Olhou para o céu. Um único floco cinzento caindo. Pegou-o na mão e o observou expirar ali como o último exército da cristandade.

Avançaram juntos com a lona puxada sobre eles. Os flocos molhados e cinzentos rodopiando e caindo de lugar nenhum. Lama suja e derretida nas laterais da estrada. Água negra correndo, vindo de sob os montes de cinza encharcados. Não havia mais as grandes fogueiras nas serranias distantes. Ele achava que os cultos sangrentos deviam ter todos se consumido uns aos outros. Ninguém viajava naquela estrada. Nenhum agente rodoviário, nenhum saqueador. Depois de algum tempo chegaram a uma garagem de beira de estrada e entraram pela porta aberta e olharam para a neve cinzenta acompanhada de chuva caindo lá fora em lufadas vindas da região mais alta.

Apanharam algumas caixas velhas e fizeram uma fogueira no chão e ele encontrou algumas ferramentas, esvaziou o carrinho e se sentou para arrumar a roda. Tirou o parafuso e arrancou o eixo com uma furadeira manual e o encaixou de novo com um pedaço de cano que tinha cortado no comprimento com uma serra para metal. Depois parafusou tudo novamente, levantou o carrinho e o fez deslizar pelo chão. Andava bastante bem. O menino ficou sentado observando tudo.

Pela manhã seguiram em frente. Terra desolada. Um couro de javali pregado à porta de um celeiro. Infestado por ratos. A visão rápida de um rabo. Dentro do celeiro três cadáveres pendendo dos caibros do telhado, secos e empoeirados em meio às pálidas ripas de luz. Pode ser que tenha alguma coisa aí, o menino disse. Pode ser que tenha algum milho ou coisa do tipo. Vamos, o homem disse.

Preocupava-se principalmente com os sapatos deles. Isso e comida. Sempre comida. Num velho defumador de madeira encontraram um presunto pendurado num gancho num canto alto. Parecia algo retirado de uma tumba, de tão seco e drenado. Cortou-o com a faca. Carne suculenta vermelha e salgada lá dentro. Condimentada e gostosa. Fritaram-na aquela noite em sua fogueira, pedaços grossos, e colocaram os pedaços para ferver junto com uma lata de feijões. Mais tarde ele acordou na escuridão e pensou ter ouvido o soar de tambores em algum lugar nas colinas baixas e escuras. Então o vento mudou de direção e só o que havia era o silêncio.

Em sonhos sua pálida noiva vinha em sua direção surgindo de um dossel verde e frondoso. Seus mamilos polidos e os ossos das costelas brancos. Usava um vestido de gaze e o cabelo negro estava preso em pentes de marfim, em pentes de madrepérola. Seu sorriso, seus olhos voltados para baixo. Pela manhã estava nevando outra vez. Contas de pequeno gelo cinzento enfileiradas nos fios de luz lá no alto.

Ele desconfiava de tudo aquilo. Dizia que os sonhos corretos para um homem em perigo eram sonhos com o perigo e tudo mais era a chamada do langor e da morte. Dormia pouco e comia pouco. Sonhava que caminhava num bosque florido onde pássaros voavam diante deles ele e o menino e o céu era de um azul dolorido mas ele estava aprendendo a despertar de mundos de sereia como esses. Deitado ali no escuro com o fantástico gosto de um pêssego de algum pomar fantasma desaparecendo da boca. Pensou que se vivesse o suficiente o mundo enfim teria desaparecido por completo. Como o mundo agonizante que os cegos recentes habitam, tudo aquilo desaparecendo lentamente da memória.

Dos devaneios na estrada não havia como acordar. Ele se arrastava. Conseguia se lembrar de tudo dela, menos do cheiro. Sentado num teatro com ela ao seu lado inclinada para a frente ouvindo a música. Volutas douradas e candelabros e as altas dobras das cortinas nas colunas em ambos os lados do palco. Ela segurava a mão dele no colo e ele podia sentir a parte de cima de suas meias através do tecido fino de seu vestido de verão. Congele esta imagem. Agora invoque sua escuridão e seu frio e maldito seja você.

Ele confeccionou limpadores com duas vassouras velhas que tinha encontrado e as amarrou com arame no carrinho para afastar os ramos de árvores da estrada em frente às rodas e colocou o menino no carrinho e ficou na parte de trás como um condutor de trenó puxado por cães e eles seguiram colina abaixo, guiando o carrinho nas curvas com seus corpos à maneira das pessoas andando de trenó. Foi a primeira vez que viu o menino sorrir em muito tempo.

No topo da colina havia uma curva e um recuo na estrada. Uma velha trilha que seguia através da floresta. Saíram e se sentaram num banco e olharam para o vale onde a terra desaparecia no nevoeiro arenoso. Um lago lá embaixo. Frio e cinzento e encorpado no bojo saqueado dos campos.

O que é aquilo, Papai?

É uma represa.

Para que serve?

Ela fez o lago. Antes que eles construíssem a represa só existia um rio lá embaixo. A represa usava a água que corria através dela para fazer girar ventiladores grandes chamados turbinas que gerariam eletricidade.

Para acender as luzes.

Sim. Para acender as luzes.

A gente pode descer para olhar?

Acho que está longe demais.

A represa vai ficar aqui por muito tempo?

Acho que sim. É feita de concreto. Provavelmente vai ficar aqui por centenas de anos. Milhares, talvez.

Você acha que poderia ter peixes no lago?

Não. Não há nada no lago.

Naquela época do passado em algum lugar bem perto deste lugar ele tinha observado um falcão descer voando ao longo da comprida parede azul das montanhas e acertar com a quilha de seu esterno o pássaro que estava no meio de um bando de grous e levá-lo até o rio lá embaixo todo desengonçado e destroçado e arrastando sua plumagem frouxa e bufante no ar parado do outono.

O ar granulado. Seu gosto nunca saía da boca. Estavam parados sob a chuva como animais de fazenda. Depois seguiram em frente, segurando a lona sobre suas cabeças no chuvisco monótono. Os pés estavam molhados e frios e seus sapatos estavam ficando arruinados. Nas encostas das colinas antigas plantações mortas e achatadas. As árvores desoladas nas laterais da serrania nuas e negras sob a chuva.

E os sonhos tão ricos de cores. De que outro modo poderia a morte te chamar? Acordando na aurora fria tudo se transformava em cinzas instantaneamente. Como certos afrescos antigos enterrados por séculos subitamente expostos à luz do dia.

O tempo melhorou e o frio e por fim eles chegaram ao vale do rio, numa vasta planície, a fazenda de terras divididas ainda visível, tudo morto até a raiz ao longo do vale desolado. Eles continuaram seguindo ao longo do asfalto. Casas altas de sarrafo. Telhados de zinco. Um celeiro de troncos de madeira num campo com um cartaz de propaganda em letras desbotadas com três metros de altura na parte lateral do telhado. Visite Rock City.

As sebes de beira de estrada haviam dado lugar a fileiras de sarças negras e retorcidas. Nenhum sinal de vida. Ele deixou o menino de pé na estrada segurando o revólver enquanto subia um velho lance de escada com degraus de calcário e caminhava até o pórtico da sede da fazenda protegendo os olhos da luz e espiando pelas janelas. Entrou pela cozinha. Lixo no chão, jornais velhos. Porcelana num armário, canecas penduradas nos ganchos. Seguiu pelo corredor e parou na porta que dava para a sala de visitas. Havia um antigo órgão no canto. Uma televisão. Mobília acolchoada barata junto com um velho armário de cerejeira artesanal. Subiu a escada e passou pelos quartos. Tudo coberto de cinzas. Um quarto de criança com um cachorro de pelúcia no batente da janela olhando para o jardim lá fora. Passou pelos armários. Puxou as cobertas das camas e tirou dois bons cobertores de algodão e desceu de volta à escada. Na despensa havia três potes de conserva caseira de tomate. Soprou a poeira de cima das tampas e os examinou. Alguém antes dele não confiara naquilo e no fim das contas ele também não confiava; saiu com os cobertores sobre os ombros e partiram pela estrada novamente.

Nos arredores da cidade chegaram a um supermercado. Uns poucos carros velhos no estacionamento cheio de lixo. Deixaram o carrinho no estacionamento e caminharam pelos corredores imundos. Na seção de vegetais no fundo das caixas encontraram algumas vagens velhas e o que parecia um dia terem sido damascos, ressecados havia muito até se tornarem efígies enrugadas de si mesmos. O menino seguia atrás. Saíram pela porta dos fundos. Na passagem atrás do mercado alguns carrinhos de compras, todos muito enferrujados. Voltaram para o mercado outra vez procurando por outro carrinho mas não havia nenhum. Junto à porta havia duas máquinas de vender refrigerantes que tinham sido derrubadas no chão e abertas com um pé de cabra. Moedas em toda parte em meio às cinzas. Ele se sentou e passou a mão pelo mecanismo das máquinas estripadas e na segunda ela se fechou sobre um cilindro frio de metal. Ele retirou a mão devagar e ficou sentado olhando para uma coca-cola.

O que é isso, Papai?

É uma coisa gostosa. Para você.

O que é?

Tome aqui. Sente-se.

Ele afrouxou as tiras da mochila do menino, depositou a mochila no chão atrás dele e colocou a unha do polegar debaixo do anel de alumínio no topo da lata e a abriu. Levou o nariz até o suave chiado que saía da lata e a entregou ao menino. Vamos lá, ele disse.

O menino pegou a lata. Faz bolhas, ele disse.

Vamos lá.

Ele olhou para o pai e em seguida inclinou a lata e bebeu. Ficou ali pensando a respeito. É bem bom, ele disse.

É. É mesmo.

Beba um pouco, Papai.

Quero que você beba.

Beba um pouco.

Ele pegou a lata, bebeu e a devolveu. Você bebe, ele disse. Vamos ficar sentados aqui.

É porque eu nunca mais vou poder beber outra, não é?

Nunca mais é muito tempo.

Tudo bem, o menino disse.

Ao entardecer do dia seguinte estavam na cidade. As longas curvas de concreto dos cruzamentos de rodovias interestaduais como as ruínas de uma vasta casa de espelhos contra a escuridão distante. Ele levava o revólver no cinto e usava sua parca aberta. Os mortos mumificados em toda parte. A pele se separando junto aos ossos, os ligamentos secos a ponto de ficarem puxados e esticados como fios de arame. Enrugados e retesados como os recentes povos dos pântanos, seus rostos como tecido empapado, a linha amarelada dos dentes. Estavam todos descalços como peregrinos de alguma ordem pois todos os sapatos tinham sido roubados fazia muito.

Seguiram em frente. Ele mantinha vigilância constante às suas costas através do espelho. A única coisa que se movia nas ruas era a cinza que o vento soprava. Atravessaram a alta ponte de concreto sobre o rio. Um dique lá embaixo. Pequenos barcos de passeio meio afundados na água cinzenta. Estacas altas rio abaixo, quase indistintas na fuligem.

No dia seguinte, a alguns quilômetros ao sul da cidade numa curva da estrada e meio perdida em meio à sarça morta, deram com uma velha casa de estrutura de madeira com chaminés, empenas e uma parede de pedra. O homem parou. Em seguida empurrou o carrinho para a entrada acima.

Que lugar é este, Papai?

É a casa onde eu cresci.

O menino ficou parado olhando para a casa. Os painéis externos de madeira, descascando, já tinham sumido havia muito das paredes inferiores para se tornar lenha, deixando os caibros e o isolamento térmico expostos. A tela apodrecida da porta dos fundos jazia no terraço de concreto.

Vamos entrar?

Por que não?

Estou com medo.

Não quer ver o lugar onde eu morava?

Não.

Vai ficar tudo bem.

Poderia ter alguém aqui.

Acho que não.

Mas e se tiver?

Ficou parado olhando para a empena de seu antigo quarto. Olhou para o menino. Quer esperar aqui?

Não. Você sempre diz isso.

Sinto muito.

Eu sei. Mas sempre diz.

Tiraram as mochilas e as deixaram no terraço, abriram caminho dando pontapés no lixo que havia na soleira da porta e entraram na cozinha. O menino segurava sua mão. Mais ou menos como ele se lembrava. Os cômodos vazios. Na salinha anexa à sala de jantar havia um catre de ferro vazio, uma mesa dobrável de metal. A mesma grelha de ferro fundido na pequena lareira. Os lambris de madeira haviam desaparecido das paredes, deixando apenas as ripas do forro. Ficou parado ali, de pé. Tocou com o polegar na madeira pintada do revestimento os buracos das tachas com que havia prendido meias quarenta anos antes. Era aqui que festejávamos o Natal quando eu era garoto. Ele se virou e olhou para o quintal abandonado. Um emaranhado de lilases mortos. A forma de uma cerca viva. Em noites frias de inverno, quando a eletricidade tinha acabado por causa de uma tempestade, a gente se sentava diante do fogo aqui, eu e minhas irmãs, para fazer o dever de casa. O menino o observava. Observava formas que o solicitavam e que ele não podia ver. Devíamos ir, Papai. Sim, o homem disse. Mas não foi.

Passaram pela sala de jantar onde os tijolos refratários da lareira estavam tão amarelos quanto no dia em que foram colocados porque a mãe dele não podia tolerar vê-los enegrecidos. O piso estava empenado com a água da chuva. Na sala de estar os ossos de um animalzinho desmembrados e arrumados numa pilha. Possivelmente um gato. Um copo de vidro junto à porta. O menino agarrou sua mão. Subiram a escada e se viraram e seguiram pelo corredor. Pequenos cones de estuque úmido no chão. A estrutura de madeira do teto exposta. Ele parou na porta de seu quarto. Um pequeno espaço sob o telhado. Era aqui que eu dormia. Minha cama ficava encostada nesta parede. Durante milhares de noites para sonhar os sonhos da imaginação de uma criança, mundos ricos ou assustadores que talvez pudessem vir a se oferecer mas nunca o que ia de fato. Ele abriu a porta do guarda-roupa meio que esperando encontrar as coisas da infância. A luz crua e fria do dia entrava pelo teto. Cinzenta como seu coração.

A gente devia ir, Papai. Podemos ir?

Sim. Podemos ir.

Estou com medo.

Eu sei. Sinto muito.

Estou com muito medo.

Está tudo bem. Não devíamos ter vindo.

Três noites mais tarde no contraforte das montanhas orientais ele acordou na escuridão e ouviu algo se aproximando. Estava deitado com as duas mãos do lado do corpo. O chão tremia. Estava vindo na direção deles.

Papai? O menino disse. Papai?

Shh. Está tudo bem.

O que é isso, Papai?

Aproximava-se, ficando mais alto. Tudo tremendo. Então passou debaixo deles como um trem subterrâneo e se arrastou para longe no meio da noite e se foi. O menino se agarrou a ele chorando, a cabeça enterrada em seu peito. Shh. Está tudo bem.

Estou com tanto medo.

Eu sei. Está tudo bem. Já passou.

O que era, Papai?

Era um terremoto. Agora já passou. Nós estamos bem. Shh.

Naqueles primeiros anos as estradas estavam povoadas por refugiados amortalhados em suas roupas. Usando máscaras e óculos de proteção, sentados em seus trapos na beira da estrada como aviadores arruinados. Seus carrinhos de mão com pilhas de quinquilharia. Arrastando carrinhos. Os olhos brilhando no crânio. Cascas incrédulas de homens cambaleando pelas estradas como migrantes numa terra febril. A fragilidade de todas as coisas finalmente revelada. Questões antigas e perturbadoras solucionadas para se transformar em nada e noite. A última instância de uma coisa leva a categoria consigo. Apaga a luz e vai embora. Olhe ao seu redor. Para sempre é muito tempo. Mas o menino sabia o que sabia. Que para sempre não é tempo algum.

Estava sentado junto a uma janela cinzenta sob a luz cinzenta numa casa abandonada no final da tarde e lia jornais velhos enquanto o menino dormia. As notícias curiosas. As preocupações exóticas. Às oito a prímula se fecha. Ficou olhando o menino dormir. Você vai conseguir? Quando o momento chegar? Vai conseguir?

Eles se agacharam na estrada e comeram arroz frio e feijão frio que tinham cozinhado dias antes. Já começando a fermentar. Nenhum lugar para fazer uma fogueira onde não fossem ser vistos. Dormiram amontoados nas colchas malcheirosas no escuro e no frio. Ele abraçava o menino bem junto do corpo. Tão magro. Meu coração, ele disse. Meu coração. Mas sabia que se fosse um bom pai ainda assim poderia ser como ela disse. Que o menino era tudo o que havia entre ele e a morte.

Mais para o fim do ano. Ele mal sabia o mês. Pensava que tinham comida suficiente para atravessar as montanhas mas não havia como saber. O desfiladeiro na vertente tinha 1500 metros e estaria muito frio. Ele disse que tudo dependia de chegarem à costa, mas ainda assim caminhando pela noite sabia que tudo isso era vazio e sem substância. Havia uma boa chance de morrerem nas montanhas e seria tudo.

Passaram pelas ruínas de uma cidade turística e tomaram a estrada para o sul. Florestas queimadas por quilômetros ao longo das encostas e neve mais cedo do que ele teria pensado. Nenhuma marca na estrada, nada vivia em parte alguma. As grandes pedras arredondadas como vultos de ursos nas encostas densamente ocupadas pela floresta. Ele parou numa ponte de pedra onde as águas caíam murmurando num poço e se tornavam lentamente espuma cinzenta. Onde outrora ele observara as trutas se agitando na corrente, projetando suas sombras perfeitas nas pedras lá embaixo. Seguiram em frente, o menino caminhando penosamente atrás dele. Apoiado no carrinho, fazendo devagar as curvas ascendentes da estrada em zigue-zague. Ainda havia fogo no alto das montanhas e à noite eles podiam ver sua luz, de um laranja intenso, em meio à fuligem. Estava ficando mais frio mas ao acampar eles faziam fogueiras durante toda a noite e as deixavam acesas depois de ir embora outra vez de manhã. Ele envolvera seus pés em sacos amarrados com cordões e até ali a neve só tinha alguns centímetros de profundidade, mas ele sabia que se ficasse muito mais funda teriam que deixar o carrinho. Já estava difícil avançar e ele parava com frequência para descansar. Caminhando penosamente para a beira da estrada de costas para o menino onde ficava curvado com as mãos nos joelhos, tossindo. Levantou-se e ficou parado com olhos lacrimejantes. Na neve cinzenta uma leve névoa de sangue.

Acamparam junto a uma grande pedra arredondada e ele fez um abrigo com varas e a lona. Fez uma fogueira e saíram recolhendo uma grande quantidade de gravetos para durar a noite toda. Tinham feito um colchão com galhos secos de cicuta sobre a neve e ficaram sentados embrulhados em seus cobertores, observando o fogo e bebendo o que restava do chocolate apanhado semanas antes. Estava nevando outra vez, flocos suaves caindo devagar em meio à escuridão. Ele cochilava no calor maravilhoso. A sombra do menino atravessada sobre ele. Carregando uma braçada de madeira. Observou-o atiçar as chamas. O dragão de fogo de Deus. As centelhas se levantavam e morriam na escuridão sem estrelas. Nem todas as palavras moribundas são verdadeiras e esta bênção não é menos real por estar arrancada de seu chão.

Ele acordou por volta do amanhecer com a fogueira reduzida a carvão e caminhou até a estrada. Tudo estava iluminado. Como se o sol perdido estivesse retornando enfim. A neve cor de laranja e palpitando. Um incêndio na floresta abria caminho pelas serranias inflamáveis acima deles, as labaredas brilhando e tremeluzindo contra o céu encoberto como as luzes do norte. Mesmo frio como estava ele ficou de pé ali durante um bom tempo. A cor de tudo aquilo fazia algo esquecido havia muito se mover dentro dele. Faça uma lista. Recite uma litania. Lembre-se.

Estava mais frio. Nada se movia naquele mundo alto. Um cheiro intenso de fumaça de madeira pairava sobre a estrada. Ele empurrava o carrinho através da neve. Uns poucos quilômetros a cada dia. Não tinha noção da distância que podia separá-los do topo. Comiam pouco e sentiam fome o tempo todo. Ele parou para observar a região. Um rio bem longe lá embaixo. Que distância tinham percorrido?

Em seu sonho ela estava doente e ele cuidava dela. O sonho tinha o aspecto de sacrifício mas ele pensava de modo diferente. Não cuidou dela e ela morreu sozinha em algum lugar no escuro e não há outro sonho nem outro mundo real, e não há outra história para contar.

Nesta estrada não há homens inspirados por Deus. Eles se foram e eu fiquei, eles levaram consigo o mundo. Pergunta: Como faz aquilo que nunca será para ser diferente daquilo que nunca foi?

A escuridão da lua invisível. As noites agora apenas ligeiramente menos negras. Durante o dia o sol banido circunda a terra como uma mãe chorosa com uma lamparina.

Pessoas sentadas na calçada no nascer do dia meio imoladas e fumegando dentro das roupas. Como suicidas sectários malsucedidos. Outros viriam para ajudá-los. No intervalo de um ano houve incêndios nas serranias e cânticos insanos. Os gritos dos assassinados. Durante o dia os mortos empalados em estacas ao longo da estrada. O que tinham feito? Ele pensou que na história do mundo talvez até pudesse haver mais punição do que crimes, mas isso o reconfortava pouco.

O ar se tornava rarefeito e ele achava que o topo não podia estar longe. Talvez amanhã. Amanhã veio e se foi. Não voltou a nevar mas a neve na estrada tinha mais de quinze centímetros de espessura e empurrar o carrinho para subir aqueles aclives era uma tarefa exaustiva. Ele pensou que teriam que deixá-lo. Quanto poderiam carregar? Parou e olhou para as encostas áridas. A cinza caía na neve até deixá-la quase preta.

A cada curva parecia que o desfiladeiro ficava logo adiante e então certa noite ele parou e olhou ao redor e reconheceu-o. Abriu a gola de sua parca, abaixou o capuz e ficou escutando. O vento nos troncos nus e pretos de cicuta. O estacionamento vazio no mirante. O menino estava ao seu lado. Onde ele estivera com seu próprio pai num inverno muito tempo atrás. O que foi, Papai? o menino disse.

É o desfiladeiro. É ele.

Pela manhã, avançaram. Estava muito frio. À tarde começou a nevar novamente e eles acamparam cedo e se agacharam sob a cobertura da lona e ficaram observando a neve cair no fogo. Pela manhã havia vários centímetros de neve recente no chão mas a neve tinha parado de cair e estava tão quieto que quase podiam ouvir seus corações batendo. Ele empilhou madeira sobre os carvões e abanou a fogueira até reacendê-la e caminhou com dificuldade em meio à neve para desenterrar o carrinho. Escolheu alguma coisa entre as latas, voltou e eles se sentaram junto ao fogo e comeram seus últimos biscoitos e uma lata de salsichas. Num bolso da mochila ele encontrou uma última metade de pacote de chocolate em pó e preparou-o para o menino e depois colocou água quente em sua própria xícara e se sentou soprando a borda.

Você me prometeu que não ia fazer isso, o menino disse.

O quê?

Você sabe o quê, Papai.

Ele despejou a água quente de volta na panela e pegou a xícara do menino e colocou um pouco do chocolate na sua e depois a devolveu.

Tenho que ficar de olho em você o tempo todo, o menino disse.

Eu sei.

Se você descumprir promessas pequenas vai descumprir as grandes. Foi o que você disse.

Eu sei. Mas não vou.

Avançaram com dificuldade ao longo de todo o dia descendo a encosta sul da vertente. Em montes de neve mais profundos o carrinho não passava de forma nenhuma e ele tinha que arrastá-lo atrás de si com uma das mãos enquanto abria uma trilha. Em qualquer outro lugar que não fosse as montanhas eles talvez tivessem encontrado alguma coisa para usar como trenó. Uma velha placa de metal ou uma folha de flandres usada em telhados. Os sacos que envolviam seus pés estavam ensopados e ficaram com frio e molhados o dia inteiro. Ele se apoiou no carrinho para tomar fôlego enquanto o menino esperava. Ouviu-se um estalido agudo vindo de algum lugar na montanha. Depois outro. É só uma árvore caindo, ele disse. Está tudo bem. O menino olhava para as árvores mortas na beira da estrada. Está tudo bem, o homem disse. Todas as árvores do mundo vão cair cedo ou tarde. Mas não em cima da gente.

Como você sabe?

Eu simplesmente sei.

Ainda assim eles se depararam com árvores atravessadas na estrada e tiveram que esvaziar o carrinho e carregar tudo por cima dos troncos e depois guardar tudo de novo do outro lado. O menino encontrou brinquedos que tinha esquecido que tinha. Deixou do lado de fora um caminhão amarelo e seguiram em frente com o brinquedo no alto da lona.

Acamparam num banco de terra na margem mais distante de um riacho de beira de estrada congelado. O vento tinha soprado as cinzas de cima do gelo e o gelo estava preto e o riacho parecia um caminho de basalto serpenteando em meio à floresta. Juntaram lenha na parte mais ao norte da encosta, onde não estava tão molhado, avançando por cima de árvores inteiras e arrastando-as para o acampamento. Acenderam a fogueira e estenderam a lona e penduraram suas roupas molhadas fumegando e fedendo em estacas e se sentaram embrulhados nas colchas nus enquanto o homem segurava os pés do menino junto ao seu estômago para aquecê-los.

Ele acordou choramingando à noite e o homem o abraçou. Shh, ele disse. Shh. Está tudo bem.

Eu tive um sonho ruim.

Eu sei.

Eu te digo o que foi?

Se você quiser.

Eu tinha esse pinguim em que você tinha dado corda e ele andava gingando e batendo as nadadeiras. E a gente estava naquela casa em que a gente morava antes e veio pelo canto mas ninguém tinha dado corda nele e dava um medo danado.

Tudo bem.

Dava muito mais medo no sonho.

Eu sei. Sonhos podem ser bem assustadores.

Por que foi que eu tive esse sonho assustador?

Não sei. Mas está tudo bem agora. Vou colocar um pouco de lenha na fogueira. E você vá dormir.

O menino não respondeu. Em seguida ele disse: O lugar de dar corda não estava funcionando.

Levou mais quatro dias para descer e sair da neve e mesmo então havia trechos com neve em certas curvas da estrada e a estrada estava preta e molhada da água que escorria das regiões mais altas mesmo depois dali. Contornaram a beira de um desfiladeiro profundo e lá embaixo, na escuridão, um rio. Ficaram parados escutando.

Altos penhascos rochosos na outra extremidade do desfiladeiro com árvores finas e negras agarrando-se à escarpa. O som do rio diminuiu. Depois retornou. Um vento frio soprando do campo lá embaixo. Estavam o dia inteiro tentando alcançar o rio.

Deixaram o carrinho num estacionamento e foram andando pela floresta. Um ruído grave vindo do rio. Era uma cachoeira que descia de uma alta parede de pedra e caía por 25 metros através de uma mortalha cinzenta de neblina no poço lá embaixo. Podiam sentir o cheiro da água e podiam sentir o frio se desprendendo dela. Um banco de cascalho molhado do rio. Ele ficou parado observando o menino. Uau, o menino disse. Não conseguia tirar os olhos dali.

* * *

Ele se pôs de cócoras e pegou um punhado de pedras, cheirou-as e as deixou cair fazendo barulho. Polidas até ficarem redondas e lisas como mármore ou pastilhas de pedra raiadas e listradas. Pequeninos discos pretos e pedaços de quartzo polido, todos brilhando devido à garoa que se levantava do rio. O menino se adiantou e se pôs de cócoras e pegou com as mãos um pouco da água escura.

A cachoeira caía no poço quase no centro. Um coágulo cinzento a circundava. Ficaram lado a lado chamando um ao outro sobre o ruído.

Está fria?

Está. Está gelada.

Você quer entrar?

Não sei.

Claro que quer.

Tudo bem se eu entrar?

Vamos lá.

Ele abriu o zíper da parca, deixou-a cair sobre o cascalho e o menino se pôs de pé e eles se despiram e caminharam até a água. De uma palidez fantasmagórica e tremendo. O menino tão magro que ele sentiu um aperto no coração. Mergulhou de cabeça e reapareceu arquejando e se virou e ficou parado, batendo os braços.

Ela está em cima da minha cabeça? o menino gritou.

Não. Venha.

Ele se virou e nadou até a cachoeira e deixou a água cair sobre ele com força. O menino estava de pé no poço com a água chegando à cintura, segurando os ombros e pulando para cima e para baixo. O homem voltou e pegou-o. Segurou-o e fez com que boiasse, o menino arquejando e se debatendo na água. Você está indo bem, o homem disse. Está indo bem.

Vestiram-se trêmulos e em seguida subiram a trilha até a parte de cima do rio. Caminharam junto às pedras até onde o rio parecia terminar no espaço e ele segurou o menino enquanto se aventurava até a última saliência da pedra. O rio passava lambendo a beira e caía diretamente no poço lá embaixo. O rio inteiro. Ele se agarrou ao braço do homem.

É bem alto, ele disse.

É bastante alto.

Você ia morrer se caísse?

Ia se machucar. É uma boa queda.

Dá um medo danado.

Caminharam pela floresta. A luz estava diminuindo. Seguiram os bancos de areia ao longo da parte superior do rio entre imensas árvores mortas. Uma fértil floresta do sul onde outrora havia limão-bravo e pipsissewa. Ginseng. Os galhos mortos e crus do rododendro retorcidos e cheios de nós e negros. Ele parou. Algo no tapete de vegetação morta e cinzas. Parou e apanhou-o. Uma pequena colônia deles, encolhidos, secos e enrugados. Ele apanhou um, segurou-o e cheirou. Mordeu a ponta de um deles e mastigou.

O que é, Papai?

Morchelas. São morchelas.

O que são morchelas?

Um tipo de cogumelo.

A gente pode comer?

Pode. Dá uma mordida.

São bons?

Dá uma mordida.

O menino cheirou o cogumelo e deu uma mordida e ficou mastigando. Olhou para o pai.

São bastante bons, ele disse.

Arrancaram os cogumelos do chão, coisinhas de aspecto estranho que ele empilhou no capuz da parca do menino. Caminharam de volta até a estrada e desceram até onde tinham deixado o carrinho e acamparam junto ao poço do rio perto da cachoeira e lavaram a terra e as cinzas que havia nos cogumelos e os colocaram de molho numa panela d'água. Quando ele acendeu a fogueira estava escuro e ele fatiou um punhado de cogumelos num toco de madeira para o jantar e os colocou na frigideira junto com a carne de porco gorda de uma lata de feijões e colocou-os sobre o carvão para ferver. O menino o observava. Este é um bom lugar, Papai, ele disse.

Comeram os pequenos cogumelos junto com os feijões e beberam chá e comeram peras em conserva de sobremesa. Ele abafou a fogueira na fenda de rocha onde a tinha acendido, amarrou a lona atrás deles para refletir o calor e se sentaram aquecidos em seu refúgio enquanto ele contava histórias para o menino. Velhas histórias de coragem e justiça do modo como se lembrava delas até que o menino adormeceu em meio às suas cobertas e então ele alimentou o fogo e se deitou aquecido, de barriga cheia, e ficou ouvindo o trovejar distante das cachoeiras para além de onde estavam naquela mata escura e velha.

Ele saiu de manhã e seguiu pelo caminho do rio, descendo a correnteza. O menino tinha razão, aquele era um bom lugar e ele queria conferir se havia algum sinal de outros visitantes. Não encontrou nada. Ficou observando o rio onde ele se lançava num poço e depois se encrespava e formava redemoinhos. Atirou uma pedra branca na água mas ela desapareceu tão rapidamente quanto se tivesse sido engolida. Tinha estado junto a um rio desses outrora e observado o movimento fugaz das trutas no fundo de um poço, invisível de se ver naquela água cor de chá, exceto quando se viravam de lado para se alimentar. Refletindo o sol no fundo da escuridão como o lampejo de facas numa caverna.

Não podemos ficar, ele disse. Está ficando mais frio a cada dia. E a cachoeira é uma atração. Foi para nós e será para outros e não sabemos quem serão esses outros e não podemos ouvi-los chegando. Não é seguro.

A gente podia ficar mais um dia.

Não é seguro.

Bem, talvez a gente pudesse encontrar algum outro lugar no rio.

Temos que continuar seguindo em frente. Temos que continuar indo na direção sul.

O rio não vai na direção sul?

Não. Não vai.

Posso ver no mapa?

Pode. Deixa eu pegar.

O surrado mapa da companhia de petróleo tinha sido outrora consertado com fita adesiva mas agora estava apenas organizado em folhas e numerado com giz de cera nos cantos para poderem juntá-lo. Ele procurou entre as páginas moles e estendeu aquelas que correspondiam à sua localização.

Atravessamos uma ponte aqui. Parece ficar a uns doze quilômetros ou coisa assim. Este é o rio. Indo para oeste. Seguimos a estrada aqui ao longo da encosta oriental das montanhas. Estas são as nossas estradas, as linhas pretas no mapa. As estradas estaduais.

Por que são estradas estaduais?

Porque antes pertenciam aos estados. Ao que chamávamos de estados.

Mas não existem mais estados?

Não.

O que aconteceu com eles?

Não sei ao certo. É uma boa pergunta.

Mas as estradas ainda estão aí.

Sim. Por algum tempo.

Por quanto tempo?

Não sei. Talvez um bom tempo. Não há nada para destruí-las, então devem ficar em bom estado por um tempo.

Mas carros e caminhões não vão passar nelas.

Não.

Certo.

Você está pronto?

O menino fez que sim. Enxugou o nariz na manga e colocou no ombro sua pequena mochila e o homem dobrou as seções do mapa e se levantou e o menino o seguiu em meio às estacas cinzentas das árvores até a estrada.

Quando conseguiram divisar a ponte abaixo deles havia um caminhão atravessado nela e enfiado no parapeito de ferro empenado. Estava chovendo outra vez e eles ficaram ali parados com a chuva tamborilando de leve na lona. Espiando de dentro da penumbra azulada por baixo do plástico.

A gente não pode contornar? o menino disse.

Acho que não. Podemos provavelmente passar por baixo dele. Talvez tenhamos que esvaziar o carrinho.

A ponte transpunha o rio sobre corredeiras. Puderam ouvir o barulho quando fizeram a curva na estrada. Da garganta soprava um vento e eles puxaram as pontas da lona ao redor deles e empurraram o carrinho até a ponte. Podiam ver o rio através das ferragens. Mais abaixo das corredeiras havia a ponte de uma ferrovia construída sobre pilares de calcário. As pedras dos pilares estavam manchadas bem acima da altura do rio devido às cheias e a curva estava obstruída com enormes pilhas de galhos negros e folhagens e troncos de árvores.

Havia anos que o caminhão estava ali, os pneus vazios e enrugados sob os aros. A parte da frente estava comprimida contra o parapeito da ponte e a caçamba tinha se soltado da base e se projetado para a frente, comprimindo a parte de trás da cabine. A traseira da caçamba tinha sido arremessada e vergado por cima do parapeito do outro lado da ponte e estava pendurada vários metros para fora sobre a garganta do rio. Ele empurrou o carrinho por baixo da caçamba mas a barra de empurrar não passava. Teriam que fazê-lo deslizar por baixo, deitado de lado. Deixaram-no ali, sob a chuva, com a lona por cima, passaram por baixo da caçamba e ele deixou o menino agachado ali no seco enquanto subia no degrau do tanque de gasolina e enxugava a água do vidro e espiava dentro da cabine. Voltou a descer o degrau, estendeu o braço e abriu a porta, em seguida subiu e fechou a porta depois de entrar. Ficou sentado olhando ao redor. Um velho leito atrás dos assentos. Papéis no chão. O porta-luvas estava aberto, mas vazio. Ele subiu de volta por entre os assentos. Havia um colchão tosco e úmido no beliche e uma pequena geladeira com a porta aberta. Uma mesa dobrável. Revistas velhas no chão. Ele vasculhou os compartimentos de compensado no alto mas estavam vazios. Havia gavetas sob o beliche e ele as abriu e vasculhou em meio ao lixo. Subiu de volta na cabine e se sentou no banco do motorista e olhou para fora, para o rio lá embaixo através dos pingos que escorriam lentamente no vidro. O tamborilar suave da chuva no teto de metal e a escuridão descendo devagar sobre todas as coisas.

Dormiram aquela noite no caminhão, pela manhã a chuva tinha parado e descarregaram o carrinho e passaram tudo por baixo do veículo até o outro lado e colocaram as coisas de volta. Depois da ponte a uns trinta metros mais ou menos havia os restos enegrecidos de pneus que tinham sido queimados ali. Ele ficou parado olhando para a caçamba. O que você acha que há lá dentro?

Não sei.

Não somos os primeiros aqui. Então provavelmente nada.

Não tem como entrar.

Ele colocou o ouvido na lateral do compartimento e deu um tapa no metal laminado com a palma da mão. Pelo som parece vazio, disse. Provavelmente dá para entrar pelo teto. Alguém deve ter aberto um buraco na lateral a essa altura.

Com o que eles iam cortar?

Encontrariam alguma coisa.

Ele tirou a parca e a colocou no alto do carrinho e subiu no para-lama do caminhão e depois na capota e subiu com dificuldade no teto da cabine. Ficou de pé, virou-se e olhou para o rio lá embaixo. Metal molhado debaixo dos pés. Olhou lá para baixo, para o menino. O menino parecia preocupado. Ele se virou, estendeu a mão e agarrou a frente da caçamba e se ergueu devagar. Era tudo o que podia fazer e havia bem menos volume em seu corpo para puxar. Passou uma perna por cima da beirada e ficou ali descansando. Então se ergueu e rolou por cima da beirada e se sentou.

Havia uma claraboia a cerca de um terço do caminho ao descer do teto e ele foi até lá andando agachado. A cobertura tinha sumido e o interior da caçamba cheirava a compensado úmido e àquele odor azedo que ele tinha vindo a conhecer. Ele levava uma revista no bolso junto ao quadril, pegou-a, arrancou algumas páginas e fez um chumaço, pegou seu isqueiro e pôs fogo nos papéis e jogou-os na escuridão. Um suave sibilar. Ele afastou com a mão a fumaça e olhou para o interior do compartimento. A fogueirinha queimando no chão parecia estar muito afastada. Ele se protegeu do clarão com a mão e quando fez isso pôde enxergar quase até o fundo da caçamba. Corpos humanos. Escarrapachados em todas as posturas. Secos e murchos em suas roupas podres. O pequeno chumaço de papel queimando se reduziu a um lampejo de chama e então se extinguiu deixando uma forma suave durante um breve instante na incandescência como o contorno de uma flor, uma rosa derretida. Então tudo ficou escuro outra vez.

Naquela noite acamparam na floresta, numa serrania que dava para uma vasta planície ao sopé de uma montanha, que se estendia para o sul. Acendeu uma fogueira para cozinhar junto a uma rocha e comeram o que restava dos cogumelos e uma lata de espinafre. Durante a noite uma tempestade caiu sobre as montanhas acima deles e veio retumbando ao descer, estalando e estrondeando e o mundo de um cinza inflexível aparecia repetidas vezes no meio da noite, no lampejo amortalhado do relâmpago. O menino se agarrava a ele. A tempestade ia avançando. O breve estrépito do granizo e em seguida a chuva fria e vagarosa.

Quando ele acordou outra vez ainda estava escuro mas a chuva tinha parado. Uma luz esfumaçada lá adiante no vale. Ele acordou e caminhou lá para fora na serrania. Uma névoa de fogo que se estendia por quilômetros. Ele se agachou e a observou. Podia sentir o cheiro da fumaça. Umedeceu o dedo e ergueu-o contra o vento. Quando se levantou e se virou para voltar a lona mostrava uma luz vinda do lado de dentro, onde o menino tinha acordado. Ali na escuridão sua sombra frágil e azulada parecia o pico de alguma última ventura nas bordas do mundo. Alguma coisa que quase não podia ser contabilizada. E era isso de fato.

Durante todo o dia seguinte eles viajaram através do nevoeiro criado pela fumaça das árvores, que ia sendo levado pelo vento. Nas bordas a fumaça saindo do chão como neblina e as árvores finas e pretas queimando nas encostas como candelabros de velas pagãs. Tarde naquele dia eles chegaram a um lugar onde o fogo tinha atravessado a estrada e o macadame ainda estava morno e mais adiante começou a ficar macio sob os pés. O piche negro e quente grudando em seus sapatos e se esticando em faixas delgadas conforme eles andavam. Pararam. Vamos ter que esperar, ele disse.

Voltaram pelo mesmo caminho e acamparam na própria estrada e quando seguiram em frente pela manhã o macadame tinha esfriado. Um pouco depois chegaram a um conjunto de marcas feitas no asfalto. Simplesmente apareceram, de um momento para o outro. Ele se pôs de cócoras e as estudou. Alguém tinha saído da floresta durante a noite e continuado pela estrada derretida.

Quem é? disse o menino.

Não sei. Quem é alguém?

Deram com ele caminhando devagar pela estrada diante deles, puxando ligeiramente uma perna e parando de tempos em tempos para ficar ali, recurvado e incerto, antes de seguir em frente outra vez.

O que é que a gente devia fazer, Papai?

Nada, por enquanto. Vamos só seguir e observar.

Dar uma olhada, o menino disse.
É. Dar uma olhada.

Seguiram-no durante um bom tempo mas na velocidade dele estavam perdendo o dia e por fim ele simplesmente se sentou na estrada e não se levantou mais. O menino se segurava no casaco do pai. Ninguém falou. Ele parecia tão queimado quanto o resto da paisagem, suas roupas chamuscadas e pretas. Um de seus olhos estava fechado devido às queimaduras e seu cabelo não passava de uma peruca piolhenta de cinzas sobre o crânio enegrecido. Quando passaram ele baixou os olhos. Como se tivesse feito algo de errado. Seus sapatos estavam amarrados com arame e envolvidos com asfalto e ele se sentava ali em silêncio, curvado sobre seus trapos. O menino continuava olhando para trás. Papai? ele perguntou. O que há de errado com esse homem?
Um raio caiu nele.
Não podemos ajudar ele? Papai?
Não. Não podemos ajudar ele.
O menino continuava puxando seu casaco. Papai? ele disse.
Pare.
Não podemos ajudar ele Papai?
Não. Não podemos ajudar ele. Não há nada que possa ser feito por ele.

Seguiram adiante. O menino chorava. Continuava olhando para trás. Quando chegaram ao pé do morro o homem parou e olhou para ele e olhou para cima, para a estrada lá atrás. O homem queimado tinha caído e àquela distância nem era possível dizer do que se tratava. Eu sinto muito, ele disse. Mas não temos nada a oferecer para ele. Não temos como ajudá-lo. Sinto muito pelo que aconteceu com ele mas não podemos consertar. Você sabe disso, não sabe? O menino ficou parado olhando para baixo. Fez que sim com a cabeça. Então eles seguiram em frente e ele não voltou a olhar para trás.

À noite um brilho embaçado cor de enxofre vindo das árvores. A água parada nas valas de beira de estrada negras com a água que escorria das montanhas. As montanhas encobertas. Atravessaram o rio numa ponte de concreto onde meadas de cinzas e dejetos desciam devagar com a correnteza. Pedaços carbonizados de madeira. No fim, pararam e fizeram meia-volta e acamparam debaixo da ponte.

Ele carregara sua carteira até que ela fizesse um buraco nas calças. Então um dia se sentou à beira da estrada e a tirou e examinou seu conteúdo. Algum dinheiro, cartões de crédito. Sua carteira de motorista. Uma fotografia de sua mulher. Espalhou tudo por cima do pavimento. Como cartas de baralho. Arremessou a peça de couro, enegrecida pelo suor, dentro da floresta, e ficou sentado olhando para a fotografia. Então colocou-a sobre a estrada também e se levantou e seguiram em frente.

Pela manhã estava deitado olhando para os ninhos de argila que as andorinhas tinham construído nos cantos debaixo da ponte. Olhou para o menino mas o menino tinha se virado de lado e olhava para o rio, deitado.

Não há nada que nós pudéssemos ter feito.

Ele não respondeu.

Ele vai morrer. Não podemos dividir o que temos senão vamos morrer também.

Eu sei.

Então quando é que você vai voltar a falar comigo?

Estou falando agora.

Tem certeza?

Sim.

Está bem.

Está bem.

Ficaram de pé junto à margem mais afastada de um rio e chamaram-no. Deuses esfarrapados caminhando recurvados em seus trapos pela desolação. Andando pelo solo seco de um mar mineral onde este jazia rachado e partido como um prato que tivesse caído no chão. Trilhas de fogo feroz na areia coagulada. Os vultos indistintos à distância. Ele acordou e ficou ali deitado na escuridão.

Os relógios pararam à 1h17. Um longo clarão e depois uma série de pequenos abalos. Ele se levantou e foi até a janela. O que foi? ela disse. Ele não respondeu. Foi até o banheiro e ligou o interruptor mas a energia já se fora. Um brilho opaco e rosado no vidro da janela. Ele caiu sobre um dos joelhos e puxou a alavanca para tampar a banheira e depois abriu as duas torneiras ao máximo. Ela estava de pé junto à porta de camisola, segurando-se no batente, embalando a barriga com uma das mãos. O que foi? ela disse. O que está acontecendo?
Não sei.
Por que você vai tomar banho?
Não vou.

Uma vez naqueles primeiros anos ele tinha acordado numa floresta árida e ficado deitado ouvindo os bandos de aves migratórias lá em cima naquela escuridão dolorosa. Seus pios semiabafados a quilômetros de distância lá no alto onde elas circundavam a terra de modo tão insensato quanto insetos se agrupando na beira de uma tigela. Desejou-lhes felicidades até que se foram. Nunca mais voltou a ouvi-las.

Tinha um baralho que encontrara na gaveta de uma escrivaninha numa casa e as cartas estavam velhas e furadas e duas cartas do naipe de paus estavam faltando mas mesmo assim eles jogavam de vez em quando à luz da fogueira enrolados nos cobertores. Ele tentava se lembrar das regras de velhos jogos da infância. Mico. Alguma versão do uíste. Tinha certeza de que estava jogando errado e inventava novos jogos e lhes dava nomes inventados. Fescue Anormal ou Catbarf. Às vezes o menino lhe fazia perguntas sobre o mundo que para ele não era sequer uma lembrança. Ele achava difícil responder. Não há passado. Do que você gostaria? Mas parou de inventar coisas porque essas coisas também não eram verdadeiras e contá-las fazia com que ele se sentisse mal. O menino tinha suas próprias fantasias. Como as coisas seriam no sul. Outras crianças. Ele tentava refreá-lo mas seu coração não estava presente nessa tentativa. Será que o coração de alguém estaria?

Nenhuma lista de coisas a fazer. O dia providencial a si mesmo. A hora. Não existe o mais tarde. Agora é mais tarde. Todas as coisas graciosas e belas como as que se levam guardadas no coração têm uma origem comum na dor. Nascem do pesar e das cinzas. Então, ele sussurrou para o menino adormecido. Tenho você.

Pensou na fotografia na estrada e achou que devia ter tentado mantê-la em suas vidas de algum modo mas não sabia como. Acordou tossindo e foi lá para fora de modo a não acordar o menino. Acompanhando um muro de pedra na escuridão, embrulhado no cobertor, ajoelhando-se nas cinzas como um penitente. Tossiu até conseguir sentir o gosto do sangue e disse o nome dela em voz alta. Pensou que talvez o tivesse dito enquanto dormia. Quando voltou o menino tinha acordado. Me desculpe, ele disse.
Tudo bem.
Vá dormir.
Eu queria estar com a mamãe.
Ele não respondeu. Sentou-se ao lado do vulto pequenino embrulhado nas colchas e nos cobertores. Depois de algum tempo ele disse: Você quer dizer que queria estar morto.
É.
Você não deve dizer isso.
Mas eu queria.
Não diga isso. É uma coisa ruim de se dizer.
Não dá para evitar.
Eu sei. Mas tem que evitar.

Como é que eu faço isso?

Não sei.

Somos sobreviventes ele disse a ela por cima da chama da lamparina.

Sobreviventes? ela disse.

Sim.

Do que em nome de Deus você está falando? Não somos sobreviventes. Somos os mortos-vivos num filme de terror.

Eu estou te implorando.

Não ligo. Não ligo se você chorar. Não significa nada para mim.

Por favor.

Pare com isso.

Estou te implorando. Faço qualquer coisa.

Como o quê? Eu devia ter feito isso há muito tempo. Quando havia três balas na arma em vez de duas. Fui uma idiota. Já falamos sobre tudo isso. Não fui eu que me forcei a isso. Fui forçada. E agora chega para mim. Pensei em nem te dizer. Isso provavelmente teria sido melhor. Você tem duas balas e então o quê? Não pode nos proteger. Diz que morreria por nós mas de que adianta? Eu o levaria comigo se não fosse por você. Você sabe que levaria. É a coisa certa a fazer.

Você está dizendo bobagem.

Não, estou falando a verdade. Mais cedo ou mais tarde vão nos pegar e nos matar. Vão me estuprar. Vão estuprá-lo. Vão nos estuprar e nos matar e nos comer e você não quer encarar isso. Prefere esperar que aconteça. Mas eu não posso. Não posso. Ela ficou sentada fumando um pedaço comprido de videira seca como se fosse algum charuto raro. Segurando-o com certa elegância, a outra mão sobre os joelhos onde ela os havia juntado. Ela o observava através da pequena chama. Costumávamos falar da morte, ela disse. Não falamos mais. Por que isso?

Não sei.

É porque ela está aqui. Não há mais nada para falar.

Eu não te deixaria.

Não me importo. Não quer dizer nada. Pode pensar que eu sou uma puta infiel se quiser. Tenho um novo amante. Ele me dá o que você não consegue dar.

A morte não é um amante.

Ah é sim.

Por favor não faça isso.

Sinto muito.

Não consigo fazer isso sozinho.

Então não faça. Não posso te ajudar. Dizem que as mulheres sonham com o perigo daqueles que estão sob seus cuidados e os homens com seu próprio perigo. Mas eu não sonho com nada. Você diz que não consegue fazer isso sozinho? Então não faça. É tudo. Porque eu estou exausta deste meu coração libertino e isso já faz muito tempo. Você fala sobre tomar uma posição firme mas não há posição a tomar. Meu coração foi arrancado de mim na noite em que ele nasceu então não peça por um lamento agora. Não há nenhum. Talvez você venha a ser bom nisso. Eu duvido, mas quem sabe. A única coisa que eu posso te dizer é que você não vai sobreviver por conta própria. Eu sei porque eu nunca teria chegado tão longe. A uma pessoa que não tivesse ninguém seria aconselhável que se juntasse a algum fantasma passável. Trazê-lo à vida com seu sopro e persuadi-lo a seguir em frente com palavras de amor. Oferecer-lhe cada migalha fantasma e protegê-lo do perigo com seu corpo. Quanto a mim minha única esperança é o nada eterno e espero por ele com todo meu coração.

Ele não respondeu.

Você não tem nenhum argumento porque não existe um.

Você vai dizer adeus a ele?

Não. Não vou.

Só espere até de manhã. Por favor.

Tenho que ir.

Ela já tinha se levantado.

Pelo amor de Deus, mulher. O que eu digo a ele?

Não posso te ajudar.

Para onde você vai? Você não consegue nem mesmo enxergar.

Não preciso.

Ele se levantou. Estou te implorando, ele disse.

Não. Não vou. Não posso.

Ela se foi e a frieza do gesto foi seu último presente. Usaria uma lasca de obsidiana. Ele mesmo lhe ensinara. Mais afiado do que o aço. A ponta com a espessura de um átomo. E ela estava certa. Não havia argumento. A centena de noites em que eles tinham ficado sentados debatendo os prós e os contras da autodestruição com a honestidade de filósofos acorrentados à parede de um hospício. Pela manhã o menino não disse nada em absoluto, e quando eles tinham guardado suas coisas e estavam prontos para pôr o pé na estrada ele se virou e olhou para o local de seu acampamento lá atrás e disse: Ela foi embora não foi? E ele disse: Sim, foi.

Sempre tão deliberado, mal chegando a se surpreender com os eventos mais inusitados. Uma criação perfeitamente evoluída para alcançar seu próprio fim. Sentaram-se à janela e fizeram uma refeição à meia-noite vestindo seus robes à luz de velas e observaram cidades distantes queimando. Algumas noites mais tarde ela deu à luz na cama deles, sob a iluminação de uma lanterna a pilha. Luvas que serviam para lavar pratos. A aparência improvável da pequena coroa da cabeça. Listrado de sangue e cabelo preto e escorrido. O fedor do mecônio. Os gritos dela não significavam nada para ele. Para além da janela apenas o frio que aumentava, os incêndios no horizonte. Ele se debruçou sobre o corpo esquelético e vermelho tão tosco e nu e cortou o cordão com uma tesoura de cozinha e embrulhou seu filho numa toalha.

Você tinha algum amigo?
Sim. Tinha.
Muitos?
Sim.
Você se lembra deles?
Sim. Eu me lembro deles.
O que aconteceu com eles?
Morreram.
Todos eles?
Sim. Todos eles.

Você sente falta deles?

Sim. Sinto.

Para onde a gente vai?

Vamos para o sul.

Está bem.

Ficaram o dia todo na comprida estrada preta, parando à tarde para comer um pouco de seus magros suprimentos. O menino tirou seu caminhão da mochila e desenhou estradas sobre as cinzas usando uma vareta. O caminhão avançou por elas devagar. Ele fazia ruídos de caminhão. O dia parecia quase quente e eles dormiram sobre as folhas com as mochilas debaixo da cabeça.

Alguma coisa o despertou. Ele se virou de lado e se pôs a escutar. Ergueu a cabeça devagar, o revólver na mão. Baixou os olhos para o menino e quando olhou de volta na direção da estrada os primeiros deles já estavam visíveis. Deus, ele sussurrou. Estendeu a mão e sacudiu o menino, sem tirar os olhos da estrada. Eles vinham arrastando os pés pelas cinzas jogando as cabeças encapuzadas para um lado e para o outro. Alguns usando máscaras de gás. Um deles com uma roupa de proteção contra agentes químicos e biológicos. Manchados e imundos. Andando recurvados com porretes nas mãos, pedaços de cano. Tossindo. Então ele ouviu na estrada atrás dele o que parecia ser um caminhão a diesel. Rápido, sussurrou. Rápido. Empurrou o revólver para dentro do cinto e agarrou o menino pela mão e arrastou o carrinho através das árvores e inclinou-o de um jeito que ele não fosse tão facilmente visto. O menino estava paralisado de medo. Ele o puxou contra si. Está tudo bem, disse. Temos que correr. Não olhe para trás. Venha.

Ele atirou a mochila por cima do ombro e abriram caminho por entre as samambaias que se despedaçavam. O menino estava aterrorizado. Corra, ele sussurrou. Corra. Ele olhou para trás. O caminhão surgiu com um estrondo em seu campo de visão. Homens de pé na caçamba olhando ao redor. O menino caiu e ele o puxou de volta. Está tudo bem, ele disse. Venha.

Ele podia ver uma abertura entre as árvores que pensava ser uma vala ou um canal e eles saíram por entre o mato até uma velha estrada. Pedaços de macadame rachado aparecendo em meio a montes de cinza. Empurrou o menino para baixo e se agacharam sob a encosta escutando, arquejantes. Podiam ouvir o motor a diesel lá na estrada, funcionando a base Deus sabe do quê. Quando ele se levantou para olhar só podia ver o teto do caminhão movendo-se pela estrada. Homens de pé na caçamba, alguns deles segurando rifles. O caminhão passou e a fumaça preta do diesel formava espirais em meio à floresta. O som do motor viscoso. Falhando e indolente. Depois parou.

Ele afundou e colocou a mão no alto da cabeça. Deus, ele disse. Puderam ouvir a coisa chacoalhando e se agitando até parar. Depois apenas o silêncio. Ele estava com o revólver na mão, nem mesmo se lembrava de tê-lo tirado do cinto. Podiam ouvir os homens conversando. Ouvi-los abrir a porta e levantar o capô. Ele se sentou com o braço ao redor do menino. Shh, ele disse. Shh. Depois de algum tempo ouviram o caminhão começar a se movimentar. Pesadamente, estalando, como se fosse um navio. Não tinham outra maneira de fazê-lo pegar se não fosse empurrando e não conseguiam fazer com que fosse rápido o suficiente naquela encosta. Depois de uns poucos minutos o motor tossiu e deu solavancos e morreu outra vez. Ele levantou a cabeça para olhar e vindo por entre a floresta a uns seis metros de distância estava um deles desafivelando o cinto. Ambos ficaram paralisados.

Engatilhou o revólver e apontou-o para o homem e o homem estava de pé com uma das mãos ao lado do corpo, a máscara suja e amarrotada que ele usava subindo e descendo com a respiração.
Continue andando.

Ele olhou para a estrada.

Não olhe para lá. Olhe para mim. Se você gritar está morto.

Ele se aproximou, segurando o cinto com uma das mãos. Os buracos ali marcavam o progresso do seu emagrecimento e o couro num dos lados tinha um aspecto laqueado onde ele costumava afiar a lâmina da faca. Foi caminhando até a beira da estrada e olhou para a arma e olhou para o menino. Olhos marcados por rodelas de fuligem e muito fundos. Como um animal dentro de um crânio espiando pelas órbitas. Ele usava uma barba que tinha sido cortada rente com tesoura e tinha no pescoço uma tatuagem de um pássaro desenhado por alguém que não tinha uma noção muito precisa de sua aparência. Era magro, rijo, raquítico. Vestia um macacão azul imundo e um boné preto com o logotipo de alguma empresa desaparecida bordado na frente.

Aonde você está indo?

Eu ia cagar.

Aonde você está indo com o caminhão.

Não sei.

O que você quer dizer com não sei? Tire a máscara.

Ele tirou a máscara por cima da cabeça e ficou parado segurando-a.

Quero dizer que não sei, ele disse.

Você não sabe aonde está indo?

Não.

O caminhão está funcionando com o quê.

Diesel.

Quanto vocês têm.

Temos tambores de duzentos litros na caçamba.

Têm munição para aquelas armas?

Ele olhou para a estrada lá atrás.

Eu te disse para não olhar para lá.

Temos. Temos munição sim.

Onde foi que conseguiram?

Encontramos.

Mentira. O que vocês comem?

Qualquer coisa que encontrarmos.

Qualquer coisa que encontrarem.

É. Ele olhou para o menino. Você não vai atirar, ele disse.

É o que você pensa.

Você só tem duas balas. Talvez uma só. E eles vão ouvir o tiro.

Eles vão sim. Mas você não.

Por que você acha isso?

Porque as balas são mais rápidas do que o som. Ela vai estar no seu cérebro antes que você possa ouvi-la. Para ouvi-la você precisa de um lobo frontal e coisas com nomes como colículo e giro temporal e você não vai tê-los mais. Vai ser tudo só uma sopa.

Você é médico?

Não sou nada.

Temos um homem ferido. Você seria recompensado.

Eu tenho cara de imbecil?

Não sei do que você tem cara.

Por que você está olhando para ele?

Eu olho para onde quiser.

Não olha não. Se você olhar para ele de novo eu atiro.

O menino estava sentado com as duas mãos no alto da cabeça e olhando por entre os antebraços.

Aposto que esse menino está com fome. Por que você simplesmente não vem até o caminhão? Pegar alguma coisa para comer. Não precisa ser tão cabeça-dura.

Você não tem nada para comer. Vamos lá.

Vamos aonde?

Vamos lá.

Eu não vou a lugar nenhum.

Não vai?

Não. Não vou.

Você acha que eu não vou te matar mas está errado. Mas o que eu preferiria fazer seria te levar por essa estrada por um quilômetro e meio ou coisa assim e depois te libertar. É só dessa distância que nós precisamos. Você não vai nos encontrar. Não vai nem saber em que direção seguimos.

Sabe o que eu acho?

O que você acha.

Que você é um covarde.

Ele soltou o cinto e este caiu na estrada com os acessórios pendurados. Um cantil. Uma velha bolsa de lona do exército. Uma bainha de couro para faca. Quando ele ergueu os olhos, o rato de estrada segurava a faca na mão. Ele só tinha dado dois passos mas estava quase entre ele e o menino.

O que você pensa que vai fazer com isso?

Ele não respondeu. Era um homem grande mas muito rápido. Abaixou-se rapidamente e agarrou o menino e rolou e se levantou segurando-o de encontro ao peito com a faca em sua garganta. O homem já tinha caído no chão e girado com ele e apontado o revólver e atirado segurando-o com as duas mãos apoiado nos dois joelhos a uma distância de menos de dois metros. O homem caiu para trás instantaneamente e ficou caído com sangue brotando do buraco em sua testa. O menino estava deitado em seu colo sem qualquer expressão no rosto. Ele meteu o revólver no cinto e lançou a mochila por cima do ombro e levantou o menino e virou-o de lado e ergueu-o acima da cabeça e colocou-o em cima dos ombros e partiu pela velha estrada numa corrida desenfreada, segurando os joelhos do menino, o menino agarrado à sua testa, coberto de sangue e mudo como uma pedra.

Chegaram a uma velha ponte de ferro na floresta onde a estrada desaparecida cruzava um riacho praticamente desaparecido. Ele tinha começado a tossir e mal tinha fôlego suficiente para suportar a tosse. Saiu da estrada e entrou na floresta. Virou-se e ficou de pé arquejante, tentando escutar. Não ouviu nada. Cambaleou por mais uns oitocentos metros ou coisa assim e finalmente caiu de joelhos e colocou o menino no chão entre as cinzas e folhas. Limpou o sangue de seu rosto e o abraçou. Está tudo bem, ele disse. Está tudo bem.

Durante a longa e fria noite com a escuridão caindo ele só os ouviu uma vez. Abraçou forte o menino. Havia uma tosse em sua garganta que nunca passava. O menino tão frágil e magro através do casaco, tremendo como um cão. Os passos nas folhas pararam. Então eles seguiram em frente. Não se falavam nem chamavam uns aos outros, o que deixara tudo mais sinistro. Com a investida final da escuridão o frio intenso se instalou e o menino a essa altura tremia violentamente. A lua não surgiu para além da escuridão e não havia para onde ir. Tinham um só cobertor na mochila e ele tirou-o e cobriu o menino com ele e abriu o zíper de sua parca e abraçou o menino junto de si. Ficaram ali deitados por um longo tempo mas estavam congelando e por fim ele se levantou. Temos que continuar, ele disse. Não podemos simplesmente ficar deitados aqui. Ele olhou ao redor mas não havia nada para ver. Ele falou para um negrume sem profundidade ou dimensão.

Ficou segurando a mão do menino enquanto tropeçavam pela floresta. A outra mão ele estendia diante de si. Não enxergaria pior se estivesse de olhos fechados. O menino estava embrulhado no cobertor e ele lhe disse para não deixá-lo cair porque nunca mais voltariam a encontrá-lo. Ele queria ser carregado mas o homem lhe disse que ele tinha que continuar andando. Eles tropeçaram e caíram pela floresta durante toda a noite e bem antes do nascer do sol o menino caiu e não se levantou mais. Ele o envolveu em sua própria parca e o envolveu no cobertor e ficou sentado abraçado a ele, embalando-o para a frente e para trás. Uma única bala restava no revólver. Você não quer encarar a realidade. Não quer encarar.

Na luz incerta que passava por dia ele colocou o menino sobre as folhas e ficou sentado examinando a floresta. Quando ficou um pouco mais claro ele se levantou e caminhou e descreveu um perímetro ao redor do acampamento selvagem deles em busca de sinais mas além de sua própria trilha tênue através das cinzas não viu nada. Voltou e levantou o menino. Temos que ir, ele disse. O menino ficou sentado abaixado, o rosto inexpressivo. A sujeira seca em seu cabelo e seu rosto com veios de sujeira. Fale comigo, ele disse, mas ele não falava.

Rumaram para leste em meio às árvores mortas, ainda de pé. Passaram por uma velha casa de estrutura de madeira e cruzaram uma estrada de terra. Um pedaço de terreno limpo talvez outrora um jardim. Parando de tempos em tempos para tentar escutar. O sol invisível não projetava sombras. Eles chegaram à estrada inesperadamente e ele parou o menino com uma das mãos e eles se agacharam na vala da beira da estrada como leprosos e se puseram a escutar. Nenhum vento. Silêncio absoluto. Depois de algum tempo ele se levantou e caminhou até a estrada. Olhou para o menino lá atrás. Venha, ele disse. O menino se aproximou e o homem apontou para as marcas nas cinzas por onde o caminhão tinha passado. O menino ficou de pé embrulhado no cobertor olhando para o chão.

Ele não tinha como saber se eles haviam conseguido fazer o caminhão funcionar outra vez. Não tinha como saber por quanto tempo estariam dispostos a ficar aguardando, numa emboscada. Tirou a mochila do ombro com o dedo e se sentou e a abriu. Precisamos comer, ele disse. Está com fome?

O menino balançou a cabeça.

Não. É claro que não. Ele tirou dali a garrafa d'água de plástico e desatarraxou a tampa e estendeu-a, e o menino a apanhou e ficou de pé bebendo. Abaixou a garrafa, tomou fôlego, se sentou na estrada e cruzou as pernas e bebeu novamente. Então devolveu a garrafa e o homem bebeu e atarraxou a tampa outra vez e vasculhou dentro da mochila. Comeram uma lata de feijão branco, passando-a de um para o outro, e ele jogou a lata vazia na floresta. Seguiram novamente pela estrada.

As pessoas do caminhão tinham acampado na própria estrada. Tinham feito uma fogueira ali e pedaços queimados de madeira jaziam enfiados no asfalto derretido junto com cinza e ossos. Ele se agachou e colocou a mão por cima do asfalto. Um calor suave desprendendo-se dali. Pôs-se de pé e olhou para a estrada adiante deles. Então levou o menino consigo para o interior da floresta. Quero que você espere aqui, ele disse. Não vou estar longe. Vou poder te ouvir se você chamar.

Me leva com você, o menino disse. Parecia estar prestes a chorar.

Não. Quero que você espere aqui.

Por favor, Papai.

Pare. Quero que você faça o que estou dizendo. Pegue a arma.

Não quero a arma.

Não te perguntei se você queria. Pegue.

Ele caminhou pela floresta até o lugar onde tinham deixado o carrinho. Ainda estava ali mas tinha sido pilhado. As poucas coisas que não tinham levado espalhadas sobre as folhas. Alguns livros e brinquedos que pertenciam ao menino. Seus sapatos velhos e uns trapos de roupas. Endireitou o carrinho e colocou as coisas do menino ali dentro e o empurrou até a estrada. Depois voltou. Não havia nada ali. Sangue seco e escuro nas folhas. A mochila do menino tinha sumido. Voltando ele encontrou os ossos e a pele empilhados juntos com pedras por cima. Uma poça de vísceras. Ele empurrou os ossos com a ponta do sapato. Pareciam ter sido cozidos. Nenhuma peça de roupa. A escuridão estava voltando e já fazia muito frio e ele se virou e foi para onde tinha deixado o menino e se ajoelhou e passou os braços ao redor dele.

Empurraram o carrinho pela floresta até onde ia a estrada velha e deixaram-no ali e se encaminharam para o sul ao longo da estrada apressando-se antes que escurecesse. O menino estava tropeçando de tão cansado e o homem pegou-o e o passou por cima do ombro e seguiram em frente. Quando chegaram à ponte já mal havia luz. Ele colocou o menino no chão e eles encontraram seu caminho tateando, descendo pelo aterro. Sob a ponte ele pegou o isqueiro, acendeu-o e varreu o chão com a luz bruxuleante. Areia e cascalho trazidos pelo riacho. Ele colocou no chão a mochila e apagou o isqueiro e segurou o menino pelo ombro. Mal podia divisá-lo na escuridão. Quero que você espere aqui, ele disse. Vou procurar madeira. Temos que acender uma fogueira aqui.

Estou com medo.

Eu sei. Mas eu só vou demorar um pouquinho e vou poder te ouvir então se ficar com medo pode me chamar que eu venho no mesmo instante.

Estou com muito medo.

Quanto mais cedo eu for mais cedo vou voltar e vamos ter uma fogueira e você não vai mais ficar com medo. Não se deite. Se você se deitar vai adormecer e então se eu te chamar você não vai responder e eu não vou conseguir te encontrar. Está entendendo?

O menino não respondeu. Ele estava a ponto de perder a paciência quando percebeu que ele balançava a cabeça na escuridão. Está bem, ele disse. Está bem.

Escalou a encosta e voltou para a floresta, mantendo as mãos estendidas à sua frente. Havia mata em toda parte, ramos mortos e galhos espalhados pelo chão. Ele caminhava arrastando os pés e chutando-os até formar uma pilha e quando já tinha uma braçada ele se abaixou e apanhou tudo e chamou o menino e o menino respondeu e falou com ele até que ele conseguisse voltar para a ponte. Ficaram sentados no escuro enquanto ele aparava espetos com sua faca e formava uma pilha e quebrava os galhinhos com a mão. Tirou o isqueiro do bolso e girou a roda com o polegar. Ele usava gasolina no isqueiro e ele queimava com uma chama azul e fraca e ele se curvou e acendeu a isca e observou enquanto o fogo subia através dos ramos. Empilhou mais madeira e se curvou e soprou de leve na base do pequeno lume e arrumou a madeira com as mãos, ajeitando a fogueira.

Fez mais duas viagens à floresta, arrastando braçadas de mato seco e ramos para a ponte e empurrando-as pela lateral. Podia ver o lume do fogo de alguma distância mas não achava que podia ser visto da outra estrada. Abaixo da ponte ele podia divisar um poço escuro de água parada em meio às pedras. Uma beira de gelo se formando. Ficou de pé na ponte e empurrou a última pilha de madeira, sua respiração branca sob o lume da fogueira.

Sentou-se na areia e fez um inventário do conteúdo da mochila. O binóculo. Um frasco de meio quartilho de gasolina quase cheio.

A garrafa d'água. Um alicate. Duas colheres. Colocou tudo numa fileira. Havia cinco latinhas de comida e ele escolheu uma lata de salsichas e uma de milho e abriu-as com o pequeno abridor de latas do exército e colocou-as na beira da fogueira e ficou observando os rótulos queimando e se enroscando. Quando o milho começou a fumegar ele pegou as latas do fogo com o alicate e se sentaram debruçados sobre elas com suas colheres, comendo devagar. O menino estava dando cabeçadas de sono.

Quando tinham comido ele levou o menino para a faixa de cascalho embaixo da ponte, empurrou com um graveto a fina camada de gelo da superfície e se ajoelharam enquanto ele lavava o rosto e o cabelo do menino. A água estava tão fria que o menino chorava. Afastaram o cascalho para encontrar água limpa e ele lavou o cabelo dele de novo da melhor forma que conseguiu e finalmente parou porque o menino gemia com o frio da água. Enxugou-o com o cobertor, ajoelhando-se ali no brilho da luz com a sombra da estrutura inferior da ponte se projetando na paliçada de troncos de árvores para além do riacho. Este é o meu filho, ele disse. Eu lavo os miolos de um homem morto do seu cabelo. Essa é a minha tarefa. Então ele o embrulhou no cobertor e o levou para a fogueira.

O menino ficou sentado vacilando. O homem o observava para que ele não caísse em cima das chamas. Abriu com o pé buracos na areia para os quadris e para os ombros do menino onde ele dormiria e ficou abraçado a ele enquanto mexia em seu cabelo diante do fogo para secá-lo. Tudo isto feito uma antiga extrema-unção. Que seja então. Evoque as formas. Onde você não tem mais nada construa cerimônias do ar e sopre nelas.

Ele acordou no meio da noite com o frio e se levantou e quebrou mais madeira para o fogo. Os vultos de raminhos de árvore queimando com um alaranjado incandescente nos carvões. Soprou nas chamas até avivá-las, empilhou a madeira e ficou sentado com as pernas cruzadas, apoiado no pilar de pedra da ponte. Pesados blocos de calcário empilhados sem argamassa. Lá em cima as ferragens marrons de ferrugem, os rebites presos com martelo, os dormentes e as vigas transversais de madeira. A areia onde ele se sentava estava morna ao toque mas a noite para além da fogueira era de um frio lancinante. Ele se levantou e arrastou mais madeira para baixo da ponte. Ficou de pé escutando. O menino não se movia. Ele se sentou ao lado dele e afagou seu cabelo pálido e embaraçado. Cálice dourado, próprio para hospedar um deus. Por favor não me diga como a história termina. Quando ele olhou outra vez para a escuridão para além da ponte estava nevando.

Toda a madeira que tinham para queimar era madeira fina e a fogueira ficaria acesa por não mais do que uma hora ou talvez um pouco mais. Ele arrastou o resto do mato para debaixo da ponte e partiu-o, ficando de pé em cima dos ramos e rachando-os no comprimento. Achou que o barulho fosse acordar o menino, mas não acordou. A madeira molhada sibilava nas chamas, a neve continuava a cair. Pela manhã eles veriam se havia rastros na estrada ou não. Aquele havia sido o primeiro ser humano além do menino com quem ele falava em mais de um ano. Meu irmão pelo menos. Os cálculos traiçoeiros naqueles olhos frios e rápidos. Os dentes cinzentos e apodrecidos. Com carne humana grudada. Que transformou o mundo numa mentira a cada palavra. Quando ele voltou a acordar a neve tinha parado e a aurora granulosa delineava a floresta para além da ponte, as árvores pretas contra a neve. Ele estava deitado encurvado com as mãos no meio dos joelhos e se sentou e alimentou a fogueira e colocou uma lata de beterrabas nas brasas. O garoto o observava encolhido no chão.

A neve recente estava caída em montes em toda parte na floresta, ao longo dos ramos e empilhada nas folhas, toda ela já suja com as cinzas. Eles caminharam até onde tinham deixado o carrinho e ele colocou a mochila nele e empurrou-o até a estrada. Nenhuma marca de rodas. Ficaram parados escutando no silêncio absoluto. Então partiram pela estrada através da neve suja e cinzenta, meio derretida, o menino ao lado dele com as mãos nos bolsos.

Caminharam com dificuldade durante o dia inteiro, o menino em silêncio. À tarde a neve cinzenta já tinha derretido na estrada e à noite ela já estava seca. Não pararam. Quantos quilômetros? Dez, vinte. Costumavam jogar malha na estrada com quatro arruelas grandes de aço que tinham encontrado numa loja de ferragens mas elas tinham sumido junto com tudo mais. Naquela noite acamparam numa ravina e fizeram uma fogueira junto a uma pequena ribanceira de pedra e comeram sua última lata de comida. Ele a havia deixado por último porque era a favorita do menino, porco e feijão. Observaram-na borbulhar lentamente sobre os carvões e ele pegou a lata com o alicate e comeram em silêncio. Ele lavou a lata vazia com água e deu-a para o menino beber e foi tudo. Eu devia ter tomado mais cuidado, ele disse.

O menino não respondeu.

Você tem que falar comigo.

Está bem.

Você queria saber como eram os caras do mal. Agora já sabe. Pode acontecer de novo. Minha tarefa é tomar conta de você. Eu recebi essa tarefa de Deus. Vou matar qualquer um que toque em você. Está entendendo?

Estou.

Ele ficou sentado ali encapuzado com seu cobertor. Depois de algum tempo levantou os olhos. Nós ainda somos os caras do bem? ele disse.

Somos. Ainda somos os caras do bem.

E sempre vamos ser.

Sim. Sempre vamos ser.

Está bem.

Pela manhã eles saíram da ravina e seguiram pela estrada novamente. Ele tinha entalhado para o menino uma flauta com um pedaço de bambu de beira de estrada e tirou-a do casaco e deu-a a ele. O menino a apanhou sem dizer nenhuma palavra. Depois de algum tempo ficou para trás e o homem pôde ouvi-lo tocando. Uma música informe para a era que estava para vir. Ou talvez a última música na Terra fosse evocada das cinzas de sua ruína. O homem se virou e olhou para ele, lá atrás. Estava perdido em sua concentração. O homem pensou que ele parecia alguma criança trocada, um *changeling*, perdido e solitário, anunciando a chegada de um espetáculo itinerante em vilarejos e aldeias, sem saber que atrás dela os atores foram todos levados pelos lobos.

Ele estava sentado de pernas cruzadas sobre as folhas no topo de uma serrania e vasculhava o vale lá embaixo com o binóculo. A forma imóvel e derramada de um rio. As hastes negras de tijolos de um moinho. Tetos de ardósia. Uma velha torre d'água presa com arcos de ferro. Nenhuma fumaça, nenhum movimento de vida. Abaixou o binóculo e ficou sentado observando.

O que você está vendo? o menino disse.

Nada.

Entregou-lhe o binóculo. O menino passou a correia por trás do pescoço, colocou-o junto aos olhos e ajustou o foco. Tudo ao redor deles parecia tão imóvel.

Estou vendo fumaça, ele disse.

Onde.

Atrás daquelas construções.

Que construções?

O menino devolveu o binóculo e ele reajustou o foco. Um fiapo tênue. Sim, ele disse. Estou vendo.

O que a gente devia fazer, Papai?

Acho que devíamos dar uma olhada. Só temos que ser cuidadosos. Se for uma comuna eles terão barricadas. Mas pode ser que sejam só refugiados.

Como nós.

Sim. Como nós.

E se forem os caras do mal?

Vamos ter que correr o risco. Precisamos encontrar alguma coisa para comer.

Deixaram o carrinho na floresta e cruzaram um trilho de ferrovia e chegaram a uma encosta íngreme através de hera seca e negra. Ele levava o revólver na mão. Fique perto, falou. Ele obedeceu. Avançaram pelas ruas feito sapeadores. Um quarteirão de cada vez. Um leve cheiro de fumaça de madeira no ar. Esperaram numa loja e ficaram observando a rua mas nada se movia. Atravessaram o lixo e o entulho. Gavetas de armário espalhadas pelo chão, papel e caixas de papelão inchadas. Não encontraram nada. Todas as lojas tinham sido saqueadas anos antes, as janelas já praticamente não tinham vidro. Lá dentro estava quase escuro demais para enxergar. Subiram os degraus de aço com nervuras de uma escada rolante, o menino segurando sua mão. Uns poucos ternos empoeirados pendendo de uma arara. Procuraram por sapatos mas não havia nenhum. Vasculharam entre o lixo mas não havia nada ali que um dos dois pudesse usar. Quando voltaram ele tirou os paletós dos ternos de seus cabides e sacudiu-os e os dobrou por cima do braço. Vamos, ele disse.

Ele achava que alguma coisa devia ter passado despercebida, mas não. Vasculharam com os pés o lixo nos corredores de um mercado. Velhas embalagens e papéis e as eternas cinzas. Ele percorreu rapidamente as prateleiras em busca de vitaminas. Abriu a porta de uma geladeira industrial mas o fedor azedo dos mortos saiu da escuridão e ele rapidamente fechou-a outra vez. Ficaram parados na rua. Olhou para o céu cinzento. O vapor suave de suas respirações. O menino estava exausto. Ele o segurou pela mão. Temos que procurar mais um pouco, ele disse. Temos que continuar procurando.

As casas nos limites da cidade ofereciam pouco mais. Subiram os degraus dos fundos de uma cozinha e começaram a vasculhar nos armários. As portas dos armários todas abertas. Uma lata de fermento.

Ele ficou ali olhando para ela. Vasculhou as gavetas de um aparador na sala de jantar. Foram até a sala de estar. Rolos de papel de parede caídos no chão como documentos antigos. Deixou o menino sentado na escada segurando os paletós enquanto ele subia.

Tudo cheirava a umidade e podridão. No primeiro quarto um cadáver ressecado com as cobertas na altura do pescoço. Restos de cabelo apodrecido no travesseiro. Ele segurou a bainha inferior do cobertor e puxou-o para fora da cama e o sacudiu e dobrou debaixo do braço. Vasculhou as cômodas e os armários. Um vestido de verão num cabide de arame. Nada. Desceu novamente a escada. Estava ficando escuro. Pegou o menino pela mão e saíram pela porta da frente até a rua.

No alto da colina ele se virou e examinou a cidade. Escuridão chegando rápido. Escuridão e frio. Ele colocou dois dos paletós sobre os ombros do menino, envolvendo-o, parca e tudo.

Estou com muita fome, Papai.

Eu sei.

Vamos conseguir encontrar nossas coisas?

Sim. Eu sei onde elas estão.

E se alguém encontrar?

Não vão encontrar.

Espero que não.

Não vão. Venha.

O que foi isso?

Não ouvi nada.

Escute.

Não estou ouvindo nada.

Ficaram escutando. Então na distância ouviram um cachorro latir. Ele se virou e olhou na direção da cidade que escurecia. É um cachorro, ele disse.

Um cachorro?

Sim.

De onde veio?

Não sei.

Não vamos matá-lo, vamos, Papai?

Não. Não vamos matá-lo.

Ele baixou os olhos para o menino. Tremendo sob os casacos. Curvou-se e o beijou no rosto áspero. Não vamos machucar o cachorro, ele disse. Eu prometo.

Dormiram num carro estacionado debaixo de um viaduto com os paletós e o cobertor empilhados em cima deles. Na escuridão e no silêncio ele podia ver lampejos de luz que apareciam a esmo na grade da noite. Os andares mais altos dos prédios estavam todos escuros. As pessoas teriam que carregar água lá para cima. Podiam ser desentocadas. O que eles estavam comendo? Sabe Deus. Eles estavam sentados embrulhados nos paletós olhando pela janela. Quem são eles, Papai?

Não sei.

Acordou durante a noite e ficou escutando. Não conseguia se lembrar de onde estava. O pensamento o fez sorrir. Onde estamos? ele disse.

O que foi, Papai?

Nada. Está tudo bem. Vá dormir.

Vamos ficar bem, não vamos, Papai?

Sim. Vamos sim.

E nada de ruim vai acontecer com a gente.

Isso mesmo.

Porque trazemos o fogo.

Sim. Porque trazemos o fogo.

Pela manhã uma chuva fria caía. Arremessava-se contra o carro em lufadas mesmo sob o viaduto e dançava na estrada lá adiante. Ficaram sentados observando através da água no vidro. Quando diminuiu, boa parte do dia já tinha passado. Deixaram os casacos e o cobertor no chão do banco de trás e saíram pela estrada para vasculhar mais algumas casas. Fumaça de madeira no ar úmido. Não voltaram a ouvir o cachorro.

Encontraram alguns utensílios e algumas peças de roupa. Um suéter. Um pedaço de plástico que podiam usar como lona. Ele tinha certeza de que estavam sendo observados, mas não via ninguém. Numa despensa eles encontraram parte de um saco de fubá que ratos tinham comido tempos antes. Peneirou a farinha com um pedaço da tela da janela e pegou um punhado de excrementos secos e eles acenderam uma fogueira na varanda de concreto da casa e fizeram bolos com a farinha e cozinharam-nos num pedaço de folha de flandres. Comeram-nos devagar um a um. Ele embrulhou os poucos que sobraram num papel e colocou-os na mochila.

O menino estava sentado nos degraus quando viu alguma coisa se mover nos fundos da casa do outro lado da estrada. Um rosto olhava para ele. Um menino, mais ou menos da sua idade, usando um casaco de lá grande demais com as mangas dobradas. Ele se pôs de pé. Correu pela estrada e até a entrada dos carros. Ninguém ali. Olhou na direção da casa e então correu até os fundos do quintal através do mato seco até um riacho parado e negro. Volte, ele disse. Não vou te machucar. Ele estava de pé ali chorando quando seu pai veio correndo do outro lado da estrada e o agarrou pelo braço.

O que você está fazendo? ele sibilou. O que você está fazendo?

Tem um menininho, Papai. Tem um menininho.

Não tem menininho nenhum. O que você está fazendo?

Tem sim. Eu vi ele.

Disse para você ficar quieto. Não disse? Agora temos que ir. Venha.

Eu só queria ver ele, Papai. Só queria ver ele.

O homem levou-o pelo braço e eles voltaram através do quintal. O menino não parava de chorar e não parava de olhar para trás. Vamos, o homem disse. Temos que ir.

Quero ver ele, Papai.

Não há ninguém para ver. Você quer morrer? É isso o que você quer?

Não me importo, o menino disse, soluçando. Não me importo.

O homem parou. Parou e se agachou e o abraçou. Me desculpe, ele disse. Não diga isso. Você não deve dizer isso.

* * *

Voltaram passando pelas ruas molhadas até o viaduto e pegaram os casacos e o cobertor no carro e seguiram até o aterro da ferrovia onde subiram e atravessaram os trilhos até chegar à floresta e pegaram o carrinho e se encaminharam para a rodovia.

E se o menininho não tiver ninguém para cuidar dele? falou. E se ele não tiver um Pai?

Há pessoas aqui. Elas só estavam escondidas.

Ele empurrou o carrinho para a estrada e ficou parado ali. Podia ver as marcas do caminhão nas cinzas molhadas, fracas e desbotadas, mas ali. Achava que podia sentir o cheiro delas. O menino puxava seu casaco. Papai, ele disse.

O quê?

Estou preocupado com aquele menininho.

Eu sei. Mas ele vai ficar bem.

A gente devia ir buscar ele, Papai. A gente podia pegar ele e trazer ele junto com a gente. A gente podia pegar ele e podia pegar o cachorro. O cachorro podia encontrar alguma coisa para comer.

Não podemos.

E eu daria para aquele menininho a metade da minha comida.

Pare. Não podemos.

Ele estava chorando outra vez. Mas e o menininho? ele soluçava. Mas e o menininho?

Numa encruzilhada eles se sentaram com o pôr do sol e espalharam os pedaços do mapa na estrada e os estudaram. Ele abaixou o dedo. Nós estamos aqui, ele disse. Bem aqui. O menino não queria olhar. Ele ficou sentado estudando a rede retorcida de caminhos em vermelho e preto com o dedo no entroncamento onde ele achava que poderiam estar. Como se pudesse ver eles próprios pequeninos agachados ali. Podíamos voltar, o menino disse baixinho. Não é tão longe. Não está tão tarde.

Acamparam numa floresta não longe da estrada. Não conseguiram encontrar um lugar abrigado para fazer uma fogueira que não fosse ser vista então não fizeram nenhuma. Cada um deles comeu dois dos bolos de fubá e dormiram juntos acotovelando-se no chão nos casacos e cobertores. Ele abraçou a criança e depois de algum tempo a criança parou de tremer e depois de algum tempo dormiu.

O cachorro de que ele se lembra nos seguiu por dois dias. Eu tentei chamá-lo de forma amigável para que se aproximasse, mas ele não vinha. Fiz um laço de arame para prendê-lo. Havia três cartuchos no revólver. Nenhum sobrando. Ela foi caminhando pela estrada. O menino olhou para ela e depois olhou para mim e depois olhou para o cachorro e começou a chorar e pediu pela vida do cachorro e eu prometi que não ia machucar o cachorro. Um cachorro que mais parecia um pedaço de treliça com a pele esticada por cima. No dia seguinte ele tinha ido embora. Esse é o cachorro de que ele se lembra. Não se lembra de nenhum menininho.

Tinha posto um punhado de uvas-passas num pano em seu bolso e ao meio-dia eles se sentaram na grama seca na beira da estrada e as comeram. O menino olhou para ele. É tudo o que a gente tem, não é?
Sim.
Nós vamos morrer agora?
Não.
O que vamos fazer?
Vamos beber um pouco d'água. Depois vamos continuar seguindo pela estrada.
Está bem.

À noite eles vagaram por um campo tentando encontrar um lugar onde sua fogueira não fosse vista. Arrastando o carrinho atrás deles pelo chão. Tão poucas promessas naquela região. No dia seguinte encontrariam alguma coisa para comer. A noite os surpreendeu numa estrada enlameada. Eles a atravessaram até chegar num campo e caminharam com dificuldade na direção de um grupo distante de árvores destacadas duras e negras contra o fim do mundo visível. Quando chegaram lá já era noite fechada. Ele segurou a mão do menino e chutou ramos e moitas e acendeu uma fogueira. A madeira estava molhada mas ele raspou a casca com sua faca e empilhou o mato e as hastes ao redor para secar no calor. Estendeu então a folha de plástico no chão e pegou os casacos e cobertores do carrinho e tirou os sapatos úmidos e enlameados de ambos e eles ficaram sentados ali em silêncio com as mãos estendidas para o fogo. Ele tentou pensar em algo para dizer mas não conseguia. Já tinha tido esse pensamento antes, para além do torpor e do desespero embotado. O mundo encolhendo em torno de um núcleo cru de entidades analisáveis. Os nomes das coisas lentamente seguindo essas coisas rumo ao esquecimento. Cores. Os nomes dos pássaros. Coisas para comer. Finalmente os nomes das coisas que se acreditava serem verdadeiras. Mais frágeis do que ele teria pensado. Quanto já tinham desaparecido? O idioma sagrado cortado dos referenciais e portanto da realidade. Recolhendo-se como alguma coisa tentando preservar o calor. No momento de oscilar e se perder para sempre.

Dormiram a noite toda em sua exaustão e pela manhã a fogueira tinha apagado e estava preta no chão. Ele puxou os sapatos enlameados e foi juntar lenha, soprando em suas mãos juntas em cunha. Tão frio. Poderia ser novembro. Poderia ser depois disso. Acendeu a fogueira e foi até a beira da floresta e ficou olhando para a região rural. Os campos mortos. Um celeiro à distância.

Caminharam pela estrada de terra ladeando um morro onde outrora tinha havido uma casa. Ela pegara fogo havia muito tempo. O vulto enferrujado de uma fornalha erguendo-se na água preta do porão. Lâminas de metal carbonizadas que antes tinham feito parte do telhado enrugadas no campo para onde o vento as havia soprado. No celeiro eles juntaram uns poucos punhados de algum cereal que ele não reconheceu no chão empoeirado de um depósito de metal e pararam para comê-lo com poeira e tudo. Depois se puseram a caminho da estrada através dos campos.

Seguiram um muro de pedra atravessando as ruínas de um pomar. As árvores em suas fileiras ordenadas retorcidas e pretas e seus ramos caídos profusamente no chão. Ele parou e olhou através dos campos. Vento a leste. As cinzas macias movendo-se nos sulcos. Parando. Movendo-se outra vez. Ele tinha visto tudo aquilo antes. Manchas de sangue coagulado no capim seco e rolos cinzentos de vísceras onde as pessoas mortas violentamente tinham sido estripadas e arrastadas para outro lugar. O muro adiante ostentava um friso de cabeças humanas, todas com rostos parecidos, secos e murchos com seu arreganhar teso de dentes e os olhos afundados. Usavam argolas de ouro nas orelhas de couro e no vento seu cabelo ralo e surrado enroscava-se no crânio. Os dentes nas mandíbulas feito moldes dentários, as tatuagens cruas gravadas com alguma tintura caseira desbotadas sob o sol mendigado. Aranhas, espadas, alvos. Um dragão. Slogans em runas, credos escritos de maneira errada. Antigas cicatrizes com antigos motivos alinhavados nas beiradas. As cabeças que não tinham sido golpeadas com porretes até ficarem disformes tinham sido esfoladas e os crânios nus pintados e marcados na testa com garranchos e um crânio de ossos brancos tinha as suturas dos ossos pintadas cuidadosamente com tinta feito um projeto para montagem. Ele olhou para o menino atrás dele. Parado junto ao carrinho sob o vento. Olhou para o capim seco onde ele se movia e para as árvores escuras e retorcidas em suas fileiras. Uns poucos trapos de roupa soprados de encontro ao muro, tudo cinzento sobre as cinzas. Ele caminhou junto ao muro passando pelas máscaras numa última revista e subindo degraus até sair para onde o menino estava esperando. Passou o braço pelo ombro dele. Está bem, ele disse. Vamos.

Ele tinha passado a ver uma mensagem em cada uma dessas últimas histórias, uma mensagem e uma advertência, e era isso o que mostrava ser aquele quadro dos mortos e dos devorados. Acordou pela manhã e se virou no cobertor e olhou para a estrada lá atrás através das árvores para o caminho pelo qual tinham vindo a tempo de ver as pessoas marchando aparecendo em fileiras de quatro, ombro a ombro. Vestidas com roupas de todas as descrições, todas usando lenços vermelhos no pescoço. Vermelhos ou laranja, o mais próximos do vermelho que puderam encontrar. Ele pôs a mão na cabeça do menino. Shh, ele disse.

O que foi, Papai?

Gente na estrada. Fique com a cabeça abaixada. Não olhe.

Nenhuma fumaça da fogueira extinta. O carrinho não estava visível. Ele se afundou no chão e ficou deitado observando através do antebraço. Um exército de tênis, caminhando pesadamente. Carregando pedaços de cano com um metro de comprimento envolvidos em couro. Correias na cintura. Alguns dos canos estavam enroscados com pedaços de corrente de cuja ponta pendia todo tipo de porrete. Passaram com um estrépito, marchando com um vaivém como o de bonecos de corda. Barbados, seu hálito fumegando através das máscaras. Shh, ele disse. Shh. A falange que se seguia carregava lanças ornadas com fitas, as lâminas compridas feitas com martelo usando molas de caminhão em alguma ferraria tosca do interior. O menino estava deitado com o rosto entre os braços, aterrorizado. Passavam a sessenta metros de distância, o chão tremendo de leve. Com passos pesados. Atrás deles vinham vagões arrastados por cativos usando arreios e lotados com artigos de guerra e depois deles as mulheres, talvez uma dúzia delas, algumas grávidas, e por fim uma companhia suplementar de catamitas com roupas insuficientes para o frio, usando coleiras de cachorro e presos uns aos outros. Todos passaram. Eles ficaram ouvindo.

Já foram, Papai?

Sim, já foram.

Você viu eles?

Sim.

Eram os caras do mal?

Sim, eram os caras do mal.

Tem um bocado deles, desses caras do mal.

Tem sim. Mas eles já foram.

Puseram-se de pé e limparam as roupas, ouvindo o silêncio à distância.

Para onde eles vão, Papai?

Não sei. Estão em movimento. Isso não é um bom sinal.

Por que não é um bom sinal?

Simplesmente não é. Precisamos pegar o mapa e dar uma olhada.

Puxaram o carrinho do mato com o qual o haviam coberto e ele o levantou, empilhou os cobertores ali e os casacos, empurraram-no até a estrada e ficaram olhando para onde a última pessoa daquela horda esfarrapada parecia pender como uma imagem persistente no ar imóvel.

À tarde começou a nevar outra vez. Ficaram observando os flocos de um cinza pálido caindo como que de uma peneira da penumbra sombria. Continuaram caminhando com dificuldade. Um pouco de neve suja se acumulando na superfície escura da estrada. O menino estava a todo momento ficando para trás e ele parava para esperar. Fique comigo, falou.

Você anda rápido demais.

Vou mais devagar.

Seguiram em frente.

Você não está falando de novo.

Estou falando.

Quer parar?

Sempre quero parar.

Temos que tomar mais cuidado. Eu tenho que tomar mais cuidado.

Eu sei.

Vamos parar. Está bem?

Está bem.

Só temos que encontrar um lugar.

Está bem.

A neve que caía os encortinava. Não havia modo de ver coisa alguma em qualquer dos dois lados da estrada. Ele tossia outra vez e o menino tremia, os dois lado a lado sob a folha de plástico, empurrando o carrinho de supermercado através da neve. Por fim ele parou. O menino tremia de modo incontrolável.

Temos que parar, ele disse.

Está muito frio.

Eu sei.

Onde a gente está?

Onde a gente está?

É.

Não sei.

Se a gente fosse morrer você ia me dizer?

Não sei. Nós não vamos morrer.

Deixaram o carrinho virado num campo de junça e ele pegou os casacos e os cobertores envolvidos pela lona de plástico e seguiram adiante. Segure-se no meu casaco, falou. Não solte. Atravessaram a junça até chegar a uma cerca e passaram por ela, segurando o arame um para o outro com as mãos. O arame estava frio e estalava nos grampos. Escurecia rápido. Seguiram em frente. O lugar aonde chegaram era uma floresta de cedros, as árvores mortas e pretas mas ainda cheias o bastante para segurar a neve. Sob cada uma um precioso círculo de terra preta e folhas mortas de cedro.

Eles se arrumaram debaixo de uma árvore e empilharam os cobertores e casacos no chão e ele envolveu o menino com um dos cobertores e começou a juntar as agulhas mortas numa pilha. Abriu com o pé uma clareira na neve onde o fogo não fosse incendiar a árvore e pegou madeira das outras árvores, quebrando os ramos e sacudindo a neve deles. Quando acendeu o isqueiro junto à fértil isca o fogo pegou instantaneamente e ele soube que não duraria muito. Olhou para o menino. Tenho que ir buscar mais lenha, ele disse. Vou estar nos arredores. Está bem?

Onde são os arredores?
Só quer dizer que não vou estar longe.
Está bem.

A neve a essa altura já alcançava uns quinze centímetros no chão. Ele tropeçou entre as árvores puxando os galhos caídos de onde eles se projetavam na neve e, quando já tinha uma braçada cheia e voltou para a fogueira, esta já estava reduzida a um ninho de brasas trêmulas. Jogou os galhos no fogo e saiu novamente. Difícil se afastar. A floresta estava ficando escura e a luz da fogueira não alcançava longe. Se ele se apressasse só ficava mais fraco. Quando olhou para trás o menino caminhava com dificuldade através da neve que chegava até o meio das suas canelas juntando ramos e empilhando-os nos braços.

A neve caía e não parou de cair. Ele acordou a noite inteira e se levantou e reavivou a fogueira. Tinha desdobrado a lona e escorado uma ponta debaixo da árvore para tentar refletir o calor da fogueira. Olhou para o rosto do menino dormindo sob a luz laranja. As bochechas afundadas sujas de preto. Lutou contra a raiva. Era inútil. Ele não achava que o menino pudesse viajar muito mais. Mesmo que parasse de nevar a estrada ficaria quase intransitável. A neve sussurrava na quietude e as centelhas se elevavam e enfraqueciam e morriam no negrume eterno.

Ele estava meio adormecido quando ouviu um estrondo na floresta. Depois mais um. Sentou-se. A fogueira estava reduzida a chamas espalhadas em meio às brasas. Ele ficou escutando. O estalar comprido e seco de ramos se partindo. Depois outro estrondo. Estendeu o braço e sacudiu o menino. Acorde, ele disse. Temos que ir.
Ele esfregou os olhos para tirar o sono com as costas das mãos. O que foi? ele disse. O que foi, Papai?
Venha. Temos que ir.
O que foi?
São as árvores. Elas estão caindo.

O menino se sentou e olhou ao redor desesperadamente. Está tudo bem, o homem disse. Venha. Temos que correr.

Ele pegou as cobertas e as dobrou e as envolveu com a lona. Olhou para cima. A neve caiu em seus olhos. A fogueira já quase não passava de carvões e não emitia luz alguma e a floresta tinha quase desaparecido e as árvores estavam caindo por toda parte ao redor deles na escuridão. O menino se agarrava a ele. Afastaram-se e ele tentou encontrar um lugar desimpedido na escuridão mas por fim colocou a lona no chão e eles simplesmente se sentaram e ele puxou os cobertores por cima e abraçou o menino junto de si. O estrondo das árvores caindo e o baque fraco dos montes de neve explodindo no chão faziam o chão estremecer. Ele abraçou o menino e disse que ficaria tudo bem e que ia acabar logo e depois de algum tempo acabou. A surda confusão morrendo na distância. E mais uma vez, solitário e muito distante. Depois nada. Pronto, ele disse. Acho que isso é tudo. Ele cavou um túnel debaixo de uma das árvores caídas, puxando a neve para fora com os braços, as mãos congeladas escondidas dentro das mangas. Arrastaram as cobertas lá para dentro e a lona e depois de algum tempo dormiram novamente apesar do frio intenso.

Quando o dia raiou ele abriu caminho para fora da toca deles, a lona pesada de neve. Ele se pôs de pé e olhou ao redor. Tinha parado de nevar e os cedros estavam espalhados em morros de neve e ramos quebrados e alguns poucos troncos que ainda estavam de pé desfolhados e queimados naquela paisagem cada vez mais acinzentada. Ele caminhou com dificuldade através dos montes de neve deixando o menino adormecido sob a árvore como algum animal hibernando. A neve chegava quase aos seus joelhos. No campo a junça morta tinha sido levada até quase se perder de vista e a neve estava acumulada em montes pontiagudos sobre o arame da cerca e fazia um silêncio impassível. Ele ficou apoiado numa coluna tossindo. Fazia pouca ideia de onde o carrinho se encontrava e achou que estava ficando estúpido e que sua cabeça não estava funcionando direito. Concentre-se, ele disse. Você tem que pensar. Quando ele se virou para voltar o menino o chamava.

Temos que ir, ele disse. Não podemos ficar aqui.
O menino olhava tristemente para os montes cinzentos de neve.
Vamos.
Abriram caminho por entre a cerca.
Aonde a gente vai? o menino disse.
Temos que encontrar o carrinho.
Ele apenas ficou ali, as mãos nas axilas da parca.
Venha, o homem disse. Você tem que vir.

Ele atravessou os campos cobertos de montes de neve. A neve estava funda e cinzenta. Já havia uma camada recente de cinzas sobre ela. Esforçou-se por mais alguns metros e depois se virou e olhou para trás. O menino tinha caído. Ele largou os cobertores e a lona que levava no braço, voltou e o levantou. Ele já estava tremendo. Ele o levantou e o abraçou. Me desculpe, ele disse. Me desculpe.

Demoraram muito tempo para encontrar o carrinho. Ele o apanhou no meio dos montes de neve e o endireitou e cavou para tirar a mochila e a balançou e abriu e enfiou ali um dos cobertores. Colocou a mochila e os outros cobertores e os casacos no carrinho e pegou o menino e colocou-o no alto e desfez os laços dos seus sapatos e tirou-os. Então ele pegou sua faca e se pôs a cortar um dos casacos e a envolver os pés do menino. Usou o casaco inteiro e então cortou quadrados grandes de plástico da lona e os juntou por baixo e envolveu os pés e os amarrou na altura dos tornozelos do menino com o forro das mangas dos casacos. Recuou. O menino olhou para baixo. Agora você, Papai, ele disse. Ele envolveu o menino com um dos casacos e então se sentou na lona na neve e envolveu seus próprios pés. Levantou-se e aqueceu a mão dentro de sua parca e então guardou os sapatos deles na mochila junto com o binóculo e o caminhão do menino. Sacudiu a lona e a dobrou e amarrou junto com os outros cobertores no alto da mochila e então colocou-a sobre os ombros e deu uma última olhada no interior do carrinho, mas isso era tudo. Vamos, falou. O menino deu uma última olhada para o carrinho e a seguir o acompanhou até a estrada.

Era mais difícil prosseguir do que ele tinha imaginado. Depois de uma hora tinham avançado talvez um quilômetro e meio. Ele parou e olhou para o menino lá atrás. O menino parou e ficou esperando.

Você acha que nós vamos morrer, não acha?

Não sei.

Nós não vamos morrer.

Está bem.

Por que você acha que nós vamos morrer?

Não sei.

Pare de dizer não sei.

Está bem.

Por que você acha que nós vamos morrer?

Não temos nada para comer.

Vamos encontrar alguma coisa.

Está bem.

Quanto tempo você acha que as pessoas podem aguentar sem comida?

Não sei.

Mas quanto tempo você acha?

Talvez alguns dias.

E depois disso o quê? Você cai morto?

É.

Bem não cai. Leva muito tempo. Nós temos água. Isso é o mais importante. Você não dura muito tempo sem água.

Está bem.

Mas você não acredita em mim.

Não sei.

Ele o estudou. De pé ali com as mãos nos bolsos do paletó risca de giz grande demais.

Você acha que eu minto para você?

Não.

Mas você acha que talvez eu minta para você sobre morrer.

Acho.

Está bem. Talvez. Mas nós não vamos morrer.

Está bem.

Ele estudou o céu. Havia dias em que as nuvens no céu cinzento ficavam mais delgadas e agora as árvores que se erguiam ao longo da estrada faziam uma sombra suave sobre a neve. Seguiram em frente. O menino não ia bem. Parou e examinou seus pés e amarrou de novo o plástico. Quando a neve começasse a derreter seria difícil manter os pés secos. Paravam com frequência para descansar. Ele não tinha forças para carregar a criança. Sentaram-se na mochila e comeram punhados da neve suja. À tarde ela já começava a derreter. Passaram por uma casa queimada, somente a chaminé de tijolos de pé no quintal. Ficaram na estrada o dia todo, o que podiam chamar de dia. Tão poucas horas. Talvez tivessem avançado uns cinco quilômetros.

Ele achava que a estrada estaria tão ruim que ninguém passaria por ela mas estava errado. Acamparam quase que na própria estrada e fizeram uma grande fogueira, arrastando ramos mortos da neve e empilhando-os sobre as chamas para vê-los sibilar e fumegar. Não havia outro modo. Os poucos cobertores que tinham não iam mantê-los aquecidos. Ele tentou ficar acordado. Despertava abruptamente com um salto e tateava ao redor procurando o revólver. O menino estava tão magro. Ele o observou enquanto dormia. Rosto esticado e olhos encovados. Uma beleza estranha. Ele se levantou e levou mais madeira para a fogueira.

Caminharam até a estrada e pararam. Havia marcas na neve. Uma carreta. Algum tipo de veículo com rodas. Algo com pneus de borracha a tomar pelas marcas estreitas. Pegadas de botas entre as rodas.

Alguém tinha passado na escuridão indo para o sul. Ao raiar do dia pelo menos. Correndo pela estrada à noite. Ele ficou parado pensando naquilo. Caminhou com cuidado pelas marcas. Tinham passado a menos de quinze metros da fogueira e nem diminuíram para olhar. Ele ficou parado olhando para a estrada lá atrás. O menino o observava.

Temos que sair da estrada.

Por quê, Papai?

Alguém está vindo.

São os caras maus?

São. Eu temo que sim.

Podiam ser os caras do bem. Não podiam?

Ele não respondeu. Olhou para o céu por puro hábito mas não havia nada para ver.

O que a gente vai fazer, Papai?

Vamos embora.

Podemos voltar para a fogueira?

Não. Venha. Provavelmente não temos muito tempo.

Estou com muita fome.

Eu sei.

O que a gente vai fazer?

Temos que nos esconder. Sair da estrada.

Eles vão ver as nossas pegadas?

Vão.

O que a gente pode fazer?

Não sei.

Eles vão saber o que a gente é?

O quê?

Se eles virem as nossas pegadas. Vão saber o que a gente é?

Ele olhou para as grandes marcas redondas na neve.

Vão fazer uma ideia, ele disse.

Então parou.

Temos que pensar nisso. Vamos voltar para a fogueira.

Ele pensou em encontrar algum lugar na estrada onde a neve tivesse derretido completamente mas então pensou que, já que as pegadas deles não iam reaparecer do outro lado, não adiantaria. Chutaram neve para cima da fogueira e foram até as árvores e as circundaram e voltaram. Correram, deixando um labirinto de pegadas, e depois rumaram para o norte através da floresta sem perder a estrada de vista.

O lugar que escolheram foi simplesmente o mais alto que encontraram e dali enxergavam ao norte ao longo da estrada e também podiam ver suas pegadas. Ele estendeu a lona na neve molhada e envolveu o menino com os cobertores. Você vai ficar com frio, ele disse. Mas talvez não fiquemos aqui por muito tempo. Em menos de uma hora dois homens vieram pela estrada quase correndo. Depois que passaram ele se pôs de pé para observá-los. E quando fez isso um deles parou e olhou para trás. Ele gelou. Estava envolvido com um dos cobertores cinzentos e seria difícil enxergá-lo mas não impossível. Mas pensou que eles provavelmente só tinham sentido o cheiro da fumaça. Ficaram parados conversando. Depois seguiram em frente. Ele se sentou. Está tudo bem, ele disse. Só temos que esperar. Mas acho que está tudo bem.

Não tinham comido nada e haviam dormido pouco durante cinco dias e nessas condições, nos arredores de uma cidadezinha, chegaram a uma mansão de outrora num lugar elevado sobre a estrada. O menino ficou parado segurando sua mão. A neve já tinha derretido bastante no macadame e nos campos e florestas que davam para o sul. Ficaram parados ali. Os sacos de plástico em volta dos pés já tinham vazado havia muito e seus pés estavam úmidos e frios. A casa era alta e imponente com colunas dóricas brancas na frente. Uma entrada para carros na lateral. Uma passagem de cascalho que subia em curvas através de um campo de grama morta. As janelas estavam estranhamente intactas.

Que lugar é este, Papai?

Shh. Vamos só ficar aqui e escutar.

Não havia nada. O vento farfalhando entre as samambaias mortas na beira da estrada. Um estalido à distância. Porta ou veneziana.

Acho que devíamos dar uma olhada.

Papai não vamos subir ali.

Está tudo bem.

Não acho que a gente devia subir ali.

Está tudo bem. Temos que dar uma olhada.

Aproximaram-se devagar subindo pela passagem. Não havia marcas nos trechos de neve derretendo espalhados ao acaso. Uma sebe alta de alfeneiro morto. Um velho ninho de pássaros alojado em seu vime escuro. Ficaram parados no quintal estudando a fachada. Os tijolos da casa feitos à mão da mesma terra em que ela ficava. A pintura que descascava pendendo em tiras compridas e secas das colunas e da parte inferior, vergada. Uma lamparina que pendia de uma corrente lá no alto. O menino se agarrava a ele enquanto subiam os degraus. Uma das janelas estava ligeiramente aberta e uma corda saía dela e através da varanda para desaparecer na grama. Ele segurou a mão do menino enquanto cruzavam a varanda. Cativos haviam outrora passado por ali levando comida e bebida em bandejas de prata. Foram até a janela e olharam para dentro.

E se tiver alguém aqui, Papai?

Não tem ninguém aqui.

A gente devia ir, Papai.

Temos que achar alguma coisa para comer. Não temos escolha.

Podíamos achar alguma coisa em outro lugar.

Vai ficar tudo bem. Venha.

Ele pegou o revólver do cinto e forçou a porta. Ela girou devagar em suas grandes dobradiças de metal. Ficaram parados escutando. Entraram num amplo vestíbulo com piso num dominó de azulejos de mármore preto e branco. Uma ampla escadaria ascendente. Fino papel Morris nas paredes, manchado de água e caindo. O teto de gesso estava inchado em grandes bolsões e a cornija amarelada e mofada estava arqueada e solta das paredes de cima. Para a esquerda através do vão da porta ficava um grande aparador de nogueira onde devia ser a sala de jantar. As portas e as gavetas já não existiam mais, mas o resto era grande demais para queimar. Ficaram parados na porta. Empilhado numa janela num dos cantos da sala estava um monte grande de roupas. Roupas e sapatos. Cintos. Casacos. Cobertores e velhos sacos de dormir. Ele teria bastante tempo mais tarde para pensar naquilo. O menino segurava sua mão. Estava aterrorizado. Atravessaram o vestíbulo até a sala do outro lado, entraram nela e pararam. Um salão enorme com teto duas vezes mais alto do que a porta. Uma lareira com tijolos aparentes de onde o console e os outros detalhes de madeira tinham sido arrancados e queimados. Havia colchões e roupa de cama dispostos no chão em frente à lareira. Papai, o menino sussurrou. Shh, ele disse.

As cinzas estavam frias. Havia algumas panelas enegrecidas por ali. Ele se pôs de cócoras e pegou uma delas e cheirou-a e colocou de volta. Levantou-se e olhou pela janela lá para fora. Grama cinzenta e pisoteada. Neve cinzenta. A corda que saía pela janela estava amarrada a um sino de metal e o sino estava preso numa guia tosca de madeira que tinha sido pregada à moldura da janela. Ele segurou a mão do menino e os dois seguiram por um estreito corredor dos fundos até a cozinha. Lixo empilhado por toda parte. Uma pia enferrujada. Cheiro de mofo e excrementos. Foram para o quartinho anexo, talvez uma despensa.

No chão desse quartinho havia uma porta ou alçapão e estava trancada com um grande cadeado feito de placas de metal empilhadas. Ele ficou parado olhando.

Papai, o menino disse. Devíamos ir, Papai.

Há uma razão para que isto esteja trancado.

O menino puxava sua mão. Estava à beira das lágrimas. Papai? ele disse.

Temos que comer.

Não estou com fome, Papai. Não estou.

Temos que encontrar um pé-de-cabra ou algo assim.

Empurraram a porta dos fundos e saíram, o menino pendurando-se nele. Ele enfiou o revólver no cinto e ficou parado olhando para o quintal. Havia um caminho de tijolos e o vulto torcido e mais parecendo arame do que outrora havia sido uma fileira de buxos. No quintal havia um velho arado de ferro apoiado em pilares de tijolos empilhados e alguém tinha metido entre as barras um caldeirão de ferro fundido de 150 litros do tipo usado para cozinhar porcos. Debaixo dele havia as cinzas de uma fogueira e pequenas toras enegrecidas de madeira. Num dos lados uma pequena carroça com pneus de borracha. Todas essas coisas ele viu e não viu. Na outra extremidade do quintal havia um velho defumador de madeira e um depósito de ferramentas. Ele foi até lá meio que arrastando a criança e se pôs a vasculhar entre as ferramentas que estavam de pé num barril sob o telhado do depósito. Voltou com uma pá muito manuseada e ergueu-a com a mão. Venha, ele disse.

De volta à casa, golpeou a madeira em torno da argola do cadeado e por fim meteu a pá debaixo do grampo e arrancou-o. Estava preso através da madeira e a coisa inteira saiu, cadeado e tudo. Ele enfiou com o pé a lâmina da pá debaixo das pontas das tábuas e parou e pegou o isqueiro. Então subiu na haste da pá e levantou a ponta do alçapão e se inclinou e segurou-a. Papai, o menino sussurrou.

Ele parou. Escute, ele disse. Pare com isso. Estamos morrendo de fome. Está entendendo? Então ele levantou a porta do alçapão e abriu-a e deixou-a cair no chão atrás.

Espere aqui, ele disse.

Vou com você.

Achei que você estava com medo.

Estou com medo.

Está bem. Fique bem atrás de mim.

Ele começou a descer os degraus toscos de madeira. Enfiou a cabeça ali e acendeu o isqueiro e varreu a escuridão com a chama como se fosse uma oferenda. Frio e umidade. Um fedor terrível. O menino agarrado ao seu casaco. Ele podia ver parte de uma parede de pedra. Chão de argila. Um velho colchão manchado de escuro. Ele se agachou e desceu mais um pouco e segurou a luz estendida. Amontoadas junto à parede estavam pessoas nuas, homens e mulheres, todos tentando se esconder, ocultando o rosto com as mãos. No colchão estava deitado um homem cujas pernas estavam faltando até a altura dos quadris e os cotos escuros e queimados. O cheiro era hediondo.

Jesus, ele sussurrou.

Então um a um eles se viraram e piscaram os olhos na luz fraca. Ajude-nos, eles sussurraram. Por favor ajude-nos.

Cristo, ele disse. Oh Cristo.

Ele se virou e agarrou o menino. Rápido, ele disse. Rápido.

Tinha deixado cair o isqueiro. Não havia tempo para procurar. Empurrou o menino escada acima. Ajude-nos, eles gritaram.

Rápido.

Um rosto barbado apareceu piscando os olhos ao pé da escada. Por favor, ele disse. Por favor.

Rápido. Pelo amor de Deus rápido.

Ele empurrou o menino pelo alçapão e ele caiu estatelado. Levantou-se e segurou a porta e deixou que ela batesse e se virou para segurar o menino mas o menino tinha se levantado e estava dançando sua pequena dança de terror. Pelo amor de Deus venha, ele sibilou. Mas o menino estava apontando para a janela e quando ele olhou ficou gelado. Através do campo na direção da casa vinham quatro homens barbados e duas mulheres. Ele agarrou o menino pela mão. Cristo, ele disse. Corra. Corra.

Ele irrompeu pela casa até a porta da frente e escada abaixo. Na metade do caminho de descida ele arrastou o menino para o campo. Olhou para trás. Estavam parcialmente ocultos pelas ruínas do alfeneiro mas sabia que no máximo tinham alguns minutos e talvez nenhum minuto em absoluto. Na extremidade do campo eles atravessaram uma moita de bambu morto e saíram para a estrada e a atravessaram para a floresta do outro lado. Ele redobrou o aperto no punho do menino. Corra, ele sussurrou. Temos que correr. Ele olhou na direção da casa mas não conseguia ver nada. Se eles descessem pela passagem, o veriam correndo em meio às árvores com o menino. Este é o momento. Ele caiu no chão e puxou o menino para si. Shh, ele disse. Shh.

Eles vão matar a gente? Papai?

Shh.

Eles ficaram deitados nas folhas e nas cinzas com o coração aos pulos. Ele ia começar a tossir. Teria que pôr a mão sobre a boca mas o menino a estava segurando e não soltava e com a outra mão ele segurava o revólver. Tinha que se concentrar para abafar a tosse e ao mesmo tempo tentava escutar. Ele girou o queixo em meio às folhas, tentando ver. Fique com a cabeça abaixada, ele sussurrou.

Eles estão vindo?

Não.

Rastejaram devagar por entre as folhas na direção do que parecia ser um terreno mais baixo. Ele ficou deitado escutando, abraçado ao menino. Podia ouvi-los na estrada falando. Voz de uma mulher. Depois ouviu-os nas folhas secas. Pegou a mão do menino e colocou o revólver nela. Pegue, ele sussurrou. Pegue. O menino estava aterrorizado. Colocou o braço em torno dele e o abraçou. O corpo tão magro. Não tenha medo, ele disse. Se eles te acharem você vai ter que fazer isto. Está entendendo? Shh. Não chore. Está me ouvindo? Você sabe como fazer. Coloca dentro da boca e aponta para cima. Faça rápido e com força. Está entendendo? Pare de chorar. Está entendendo?

Acho que sim.

Não. Está entendendo?

Estou.

Diga estou entendendo Papai.

Estou entendendo Papai.

Baixou os olhos para ele. Tudo o que viu foi terror. Tirou a arma dele. Não está não, ele disse.

Eu não sei o que fazer, Papai. Eu não sei o que fazer. Onde é que você vai estar?

Está tudo bem.

Eu não sei o que fazer.

Shh. Eu estou bem aqui. Não vou te deixar.

Promete.

Sim. Prometo. Eu ia correr. Tentar atraí-los para longe. Mas não posso te deixar.

Papai?

Shh. Fique abaixado.

Estou com tanto medo.

Shh.

Ficaram deitados escutando. Você consegue fazer isto? Quando o momento chegar? Quando o momento chegar não vai haver tempo. O momento é agora. Amaldiçoe Deus e morra. E se não disparar? Você poderia esmagar esse crânio adorado com uma pedra? Há um ser dentro de você sobre o qual você não sabe nada? Será possível? Segure-o nos braços. Assim mesmo. A alma é rápida. Puxe-o na sua direção. Beije-o. Rápido.

Ele esperou. O pequeno revólver niquelado em sua mão. Ia tossir. Concentrou a mente toda no esforço de reter a tosse. Tentava escutar mas não conseguia ouvir nada. Não vou te deixar, ele sussurrou. Não vou te deixar nunca. Está entendendo? Ficou deitado nas folhas abraçado ao menino trêmulo. Segurando com força o revólver. Durante todo o longo crepúsculo e pela escuridão adentro. Fria e sem estrelas. Abençoada. Começou a acreditar que tinham uma chance. Só temos que esperar, ele sussurrou. Tanto frio. Ele tentava pensar mas sua mente rodava. Ele estava tão fraco. Toda essa conversa sobre correr. Ele não podia correr. Quando estava realmente escuro ele desatou as tiras da mochila e puxou os cobertores e estendeu-os sobre o menino e logo o menino estava adormecido.

Durante a noite ele ouviu gritos medonhos vindo da casa e tentou cobrir as orelhas do menino e depois de algum tempo os gritos pararam. Ficou deitado escutando. Quando tinha passado através da moita de bambu na direção da estrada ele tinha visto uma caixa. Algo como uma casinha de crianças. Deu-se conta de que era ali que ficavam observando a estrada. Deitados aguardando e tocando o sino na casa para que seus companheiros viessem. Cochilou e acordou. O que está vindo? Passos nas folhas. Não. Apenas o vento. Nada. Ele se sentou e olhou na direção da casa mas só o que conseguia ver era escuridão. Sacudiu o menino para acordá-lo. Vamos, ele disse. Temos que ir. O menino não respondeu, mas sabia que ele estava acordado. Ele puxou os cobertores e prendeu-os com as correias à mochila. Venha, sussurrou.

Eles se puseram a caminho através da floresta escura. Havia uma lua em algum lugar para além das nuvens cinzentas e só conseguiam divisar as árvores. Cambaleavam como bêbados. Se eles encontrarem a gente vão nos matar, não vão Papai.

Shh. Chega de conversa.

Não vão Papai.

Shh. Sim. Vão sim.

Ele não tinha ideia da direção que poderiam ter tomado e seu medo era o de que pudessem andar em círculo e voltar para a casa. Tentou se lembrar se sabia de alguma coisa sobre aquilo ou se era apenas uma fábula. Em que direção os homens perdidos se desviavam? Talvez mudasse com os hemisférios. Ou com serem destros ou canhotos. Por fim tirou aquilo da cabeça. A noção de que podia haver algo por que se corrigir. Sua mente o estava traindo. Fantasmas que não se ouviam fazia mil anos erguendo-se devagar do sono. Corrija-se por isso. Os passos do menino vacilavam. Pediu para ser carregado, tropeçando e falando de modo quase ininteligível, e o homem o carregou e ele adormeceu em seu ombro instantaneamente. Ele sabia que não aguentaria por muito tempo.

* * *

Acordou na escuridão da floresta sobre as folhas tremendo violentamente. Sentou-se e tateou ao redor em busca do menino. Pôs a mão sobre as costelas magras. Calor e movimento. Coração batendo.

Quando acordou novamente havia quase luz suficiente para enxergar. Jogou para trás o cobertor e se pôs de pé e quase caiu. Endireitou-se e tentou ver ao seu redor na floresta cinzenta. Quanto tinham avançado? Andou até o alto de uma elevação e se agachou e observou o dia nascer. A aurora avarenta, o mundo frio e ilúcido. Na distância o que parecia ser uma floresta de pinheiros, crua e preta. Um mundo sem cor feito de arame e crepe. Voltou, pegou o menino e fez com que ele se sentasse. Sua cabeça não parava de cair para a frente. Temos que ir, ele disse. Temos que ir.

Carregou-o através do campo, parando para descansar a cada cinquenta passos contados. Quando chegou aos pinheiros ajoelhou-se e o colocou sobre o chão arenoso de folhas mortas e cobriu-o com os cobertores e ficou sentado observando-o. Parecia saído de um campo de extermínio. Faminto, exausto, doente de medo. Inclinou-se, beijou-o, se levantou e caminhou até a borda da floresta e depois caminhou pelo perímetro ao redor para ver se estavam a salvo.

Do outro lado do campo rumo ao sul podia ver o vulto de uma casa e um celeiro. Para além das árvores a curva de uma estrada. Um longo caminho com grama morta. Hera morta sobre um muro de pedra e uma caixa de correio e uma cerca ao longo da estrada e as árvores mortas depois. Tudo frio e silencioso. Envolvidos pela mortalha da névoa de carbono. Ele caminhou de volta e se sentou ao lado do menino. Tinha sido o desespero que o levara a tamanho descuido e ele sabia que não podia fazer aquilo de novo. Não importava o quê.

O menino dormia havia horas. Imóvel como se estivesse petrificado de medo. Tinha acontecido antes. Ele pensou em acordá-lo mas sabia que ele não se lembraria de nada se fizesse isso. Ele o havia treinado a se entocar na floresta como um filhote de corça. Por quanto tempo? No fim tirou o revólver do cinto e deixou-o do lado dele sob os cobertores e se levantou e se pôs a caminho.

Chegou ao celeiro vindo pelo morro acima dele, parando para observar e para escutar. Abriu caminho entre as ruínas de um velho pomar de maçãs, tocos pretos e nodosos, a grama morta na altura de seus joelhos. Ficou parado na entrada do celeiro escutando. Tirinhas de luz pálida. Caminhou pelas baias empoeiradas. Ficou parado no centro do celeiro escutando mas não havia nada. Subiu a escada para o sótão e estava tão fraco que não tinha certeza de conseguir chegar até o alto. Foi até o final do sótão e olhou pela alta janela com empena para a região lá embaixo, a terra loteada morta e cinzenta, a cerca, a estrada.

Havia fardos de feno no chão do sótão e ele se agachou e separou um punhado de sementes e se sentou mastigando-as. Ásperas e secas e empoeiradas. Tinham que conter algum nutriente. Ele se levantou e rolou dois dos fardos pelo chão e deixou-os cair no celeiro lá embaixo. Dois baques empoeirados. Ele voltou para junto da empena e ficou estudando o que podia ver da casa para além da quina do celeiro. Então desceu a escada.

A grama entre a casa e o celeiro parecia intocada. Ele atravessou até a varanda. A tela da varanda podre e caindo. Uma bicicleta de criança. A porta da cozinha estava aberta e ele atravessou a varanda e parou na porta. Revestimento barato de compensado curvado com a umidade. Desmoronando dentro da cozinha. Uma mesa vermelha de fórmica. Atravessou a cozinha e abriu a porta da geladeira. Havia alguma coisa numa das prateleiras sob uma camada de pelo cinza. Ele fechou a porta. Lixo em toda parte. Pegou uma vassoura num canto e cutucou ao redor com o cabo. Subiu no balcão e tateou em meio à poeira no alto dos armários. Uma ratoeira. Um pacote de alguma coisa. Ele soprou a poeira. Era um pó com sabor de uva para fazer bebidas. Colocou num bolso do casaco.

Vasculhou a casa quarto por quarto. Não encontrou nada. Uma colher na gaveta da mesa de cabeceira. Colocou-a no bolso. Pensou que poderia haver algumas roupas num armário ou roupa de cama mas não havia nada. Voltou e foi até a garagem. Examinou as ferramentas. Ancinhos. Uma pá. Frascos de vidro com pregos e parafusos numa estante. Um estilete. Segurou-o sob a luz, olhou para a lâmina enferrujada e colocou-o de volta. Depois pegou-o de novo. Apanhou uma chave de fenda numa lata de café e abriu o cabo. Dentro havia quatro lâminas novas. Tirou a lâmina velha e deixou-a na prateleira e colocou uma das novas e aparafusou o cabo do estilete outra vez e recolheu a lâmina e colocou o estilete dentro do bolso. Depois pegou a chave de fenda e colocou-a no bolso também.

Voltou para o celeiro lá fora. Tinha um pedaço de pano que pretendia usar para juntar sementes dos fardos de feno mas quando chegou ao celeiro parou e ficou escutando o vento. Um estalar de folha de flandres em algum lugar no teto acima dele. Havia um odor remanescente de vacas no celeiro e ele ficou parado em pé ali pensando em vacas e se dando conta de que estavam extintas. Era verdade? Poderia haver uma vaca em algum lugar sendo alimentada e cuidada. Poderia? Alimentada com o quê? Guardada para quê? Do outro lado da porta aberta a grama morta fazia um som áspero e seco sob o vento. Ele foi lá para fora e ficou parado olhando através dos campos para a floresta de pinheiros onde o menino dormia. Caminhou através do pomar e então parou outra vez. Tinha pisado em alguma coisa. Recuou um passo e se ajoelhou e afastou a grama com as mãos. Era uma maçã. Apanhou-a e segurou-a sob a luz. Dura e marrom e murcha. Limpou-a com o pano e mordeu-a. Seca e quase sem gosto. Mas uma maçã. Comeu-a inteira, sementes e tudo. Segurou o cabo entre o polegar e o indicador e deixou-o cair. Então começou a caminhar cuidadosamente pela grama. Seus pés ainda estavam envolvidos pelos restos do casaco e os pedaços da lona e ele se sentou e desamarrou tudo e enfiou os trapos no bolso e percorreu as fileiras de árvores descalço. Quando chegou ao outro lado do pomar tinha mais quatro maçãs e colocou-as no bolso e voltou. Caminhou fileira por fileira até ter percorrido um quebra-cabeça na grama. Tinha mais maçãs do que conseguia carregar. Tateou nos espaços ao redor dos troncos e encheu os bolsos e empilhou maçãs no capuz de sua parca atrás da cabeça e carregou maçãs empilhadas junto aos antebraços de encontro ao peito. Despejou-as numa pilha na porta do celeiro e se sentou ali e envolveu com os trapos seu pé entorpecido.

Na entrada da cozinha tinha visto um velho cesto de vime cheio de jarros. Arrastou o cesto para o chão e tirou os potes de dentro e virou o cesto de cabeça para baixo e deu pancadinhas para tirar a poeira. Depois parou. O que tinha visto? Um cano de escoamento. Uma treliça. A serpentina escura de uma parreira morta correndo por ela como a trajetória de alguma empresa num gráfico. Ele se levantou e atravessou de novo a cozinha e saiu para o quintal e ficou parado olhando para a casa. As janelas refletindo o dia cinzento e sem nome. O cano descia pelo canto da porta. Ele ainda segurava o cesto e colocou-o na grama e subiu os degraus novamente. O cano descia pela coluna lateral e ia dar num tanque de concreto. Ele limpou o lixo e alguns pedaços apodrecidos de tela da tampa. Voltou para a cozinha e pegou a vassoura e saiu e varreu a tampa e colocou a vassoura no canto e levantou a tampa do tanque. Lá dentro havia uma bandeja cheia de um lodo úmido e cinzento do teto misturado com um composto de folhas mortas e galhos. Ele removeu a bandeja e colocou-a no chão. Sob ela havia cascalho branco. Ele afastou o cascalho com a mão. O tanque ali embaixo estava cheio de carvão, pedaços queimados de galhos e ramos inteiros em efígies de carbono das próprias árvores. Ele colocou a bandeja de volta. No chão havia um anel verde de metal para puxar. Ele estendeu a mão e pegou a vassoura e varreu as cinzas. Havia linhas de serragem nas bordas. Ele limpou as bordas com a vassoura e se ajoelhou e colocou o dedo no anel e levantou a porta do alçapão e abriu-a. Lá embaixo na escuridão havia uma cisterna cheia de água tão doce que ele podia sentir o cheiro. Deitou-se de barriga no chão e esticou o braço. Só conseguia tocar a água. Chegou mais para a frente e estendeu o braço de novo e pegou um punhado e cheirou e provou e então bebeu. Ficou deitado ali por um bom tempo, levando a água à boca um punhado de cada vez. Nada em sua memória em parte alguma de algo tão bom.

Voltou à entrada da cozinha e retornou com dois dos potes e uma velha panela esmaltada azul. Limpou a panela e mergulhou-a até enchê-la de água e usou-a para limpar os potes. Então estendeu o braço e afundou um dos jarros até estar cheio e levantou-o gotejante. A água era tão clara. Segurou-a sob a luz. Um único pedacinho de sedimento serpenteando no jarro em algum vagaroso eixo hidráulico. Inclinou o jarro e bebeu e bebeu devagar mas ainda assim bebeu quase o jarro inteiro. Ficou sentado ali com o estômago inchado. Podia ter bebido mais mas não bebeu. Derramou o restante da água no outro jarro e enxaguou-o e encheu os dois jarros e abaixou a tampa de madeira sobre a cisterna e se levantou com os bolsos cheios de maçãs e levando os jarros d'água seguiu através dos campos na direção da floresta de pinheiros.

Ele tinha ficado afastado por mais tempo do que pretendia e se apressou ao máximo, a água sacudindo e gorgolejando na bolsa murcha do seu estômago. Parou para descansar e recomeçou. Quando chegou à floresta o menino não parecia ter sequer se mexido e ele se ajoelhou e colocou os jarros cuidadosamente sobre as folhas mortas e pegou o revólver e colocou-o no cinto e ficou sentado ali olhando para ele.

Passaram a tarde sentados embrulhados nos cobertores e comendo maçãs. Bebericando a água dos jarros. Ele pegou o pacote com sabor de uva do bolso e abriu-o e despejou-o no jarro e mexeu e deu para o menino. Você fez bem Papai, ele disse. Dormiu enquanto o menino ficava de guarda e à noite eles pegaram os sapatos e os colocaram e foram até a casa e pegaram o restante das maçãs. Encheram três jarros com água e encontraram algumas tampas que serviram para fechá-las. Então ele embrulhou tudo num dos cobertores e guardou na mochila e amarrou os outros cobertores no alto da mochila e colocou-a nos ombros. Ficaram parados na porta observando a luz baixando sobre o mundo a oeste. Então desceram pelo caminho de entrada e foram para a estrada novamente.

O menino se segurava no casaco dele e ele se mantinha na beira da estrada e tentava sentir o pavimento sob seus pés na escuridão. Podia ouvir trovões à distância e depois de algum tempo apareciam pálidos tremores de luz à sua frente. Ele tirou a folha de plástico da mochila mas mal restava o suficiente para cobri-los e depois de um tempo começou a chover. Eles seguiam lado a lado aos tropeços. Não havia lugar algum aonde ir. Usavam os capuzes de seus casacos mas os casacos estavam ficando molhados e pesados com a chuva. Ele parou na estrada e tentou rearrumar a lona. O menino tremia muito.

Você está congelando, não está?

Estou.

Se a gente parar vai ficar com muito frio.

Eu estou com muito frio agora.

O que você quer fazer?

Podemos parar?

Sim. Está bem. Podemos parar.

Foi a noite mais longa de que ele se lembrava em meio a um número bastante grande de noites assim. Ficaram deitados no chão molhado ao lado da estrada sob os cobertores com a chuva martelando a lona e ele abraçado ao menino e depois de algum tempo o menino parou de tremer e depois de algum tempo adormeceu. Os trovões seguiram ribombando para o norte e cessaram e ficou só a chuva. Ele dormiu e acordou e a chuva diminuiu e depois de um tempo parou. Ele se perguntava se seria sequer meia-noite. Estava tossindo e a tosse piorava e acordava a criança. A aurora demorou muito para chegar. Ele se levantava de tempos em tempos para olhar na direção leste e depois de algum tempo era dia.

Amarrou os casacos cada um por vez em torno do tronco de uma arvorezinha e torceu a água. Fez o menino tirar a roupa e o embrulhou num dos cobertores e enquanto ele ficava ali de pé tremendo torceu a água das roupas dele e as devolveu. O chão onde tinham dormido estava seco e se sentaram ali com os cobertores em dobras ao redor e comeram maçãs e beberam água. Então partiram pela estrada outra vez, cabisbaixos e encapuzados e tremendo em seus trapos como frades mendicantes enviados para obter seu sustento.

À noite pelo menos estavam secos. Estudaram os pedaços do mapa mas ele tinha pouca noção de onde estavam. Ficou parado numa elevação da estrada e tentou se orientar no crepúsculo. Deixaram a estrada principal e seguiram por uma estrada estreita através dos campos e por fim chegaram a uma ponte e a um riacho seco e rastejaram para baixo da encosta e se aninharam lá embaixo.

Podemos acender uma fogueira? o menino disse.

Não temos isqueiro.

O menino afastou os olhos.

Sinto muito. Deixei cair. Não queria te dizer.

Está tudo bem.

Vou encontrar uma pederneira para a gente. Andei procurando. E ainda temos aquela garrafinha de gasolina.

Tudo bem.

Você está com muito frio?

Estou bem.

O menino ficou deitado com a cabeça no colo do homem. Depois de algum tempo disse: Eles vão matar aquelas pessoas, não vão?

Sim.

Por que eles precisam fazer isso?

Não sei.

Vão comer elas?

Não sei.

Vão comer elas, não vão?

Vão.

E a gente não podia ajudar porque senão eles iam comer a gente também.

Sim.

E é por isso que a gente não podia ajudar.

Sim.

Está bem.

Atravessaram cidades que avisavam as pessoas para se afastarem com mensagens rabiscadas nos quadros de anúncios. Os quadros tinham sido pintados de branco usando finas camadas de tinta para que se pudesse escrever neles e através da tinta podiam-se ver anúncios de produtos que já não existiam. Sentaram-se na beira da estrada e comeram o resto das maçãs.

O que foi? o homem disse.

Nada.

Vamos encontrar alguma coisa para comer. Sempre encontramos.

O menino não respondeu. O homem o observava.

Não é isso, é?

Está tudo bem.

Diga.

O menino olhou para longe na estrada.

Quero que você me diga. Está tudo bem.

Ele balançou a cabeça.

Olhe para mim, o homem disse.

Ele se virou e olhou. Parecia ter andado chorando.

Diga.

A gente nunca comeria outras pessoas, comeria?

Não. É claro que não.

Mesmo se estivéssemos famintos?

Nós estamos famintos agora.

Você disse que não estávamos.

Eu disse que não estávamos morrendo. Não disse que não estávamos famintos.

Mas a gente não comeria.

Não. Não comeria.

Não importa o quê.

Não. Não importa o quê.

Porque nós somos os caras do bem.

Sim.

E levamos o fogo.

E levamos o fogo. Sim.

Está bem.

Ele encontrou pedaços de pederneira e sílica numa vala mas no fim foi mais fácil passar o alicate na lateral de uma pedra na base da qual ele tinha feito uma pequena pilha de iscas molhadas com gasolina. Dois dias mais. Três. Estavam realmente famintos. A região estava saqueada, pilhada, devastada. Tinham levado cada migalha. As noites eram de um frio cortante e de um negrume de breu e o longo raiar da manhã trazia um silêncio terrível. Como a aurora antes de uma batalha. A pele cor de cera do menino estava quase translúcida. Com seus grandes olhos vidrados ele tinha o aspecto de um alienígena.

Começava a achar que a morte finalmente os alcançara e que eles deviam encontrar um lugar para se esconder onde não fossem ser encontrados. Havia momentos quando ele ficava sentado observando o menino dormir em que soluçava incontrolavelmente mas não era por causa da morte. Ele não tinha certeza do motivo mas achava que era por causa da beleza ou da bondade. Coisas nas quais ele já não tinha nenhum modo de pensar em absoluto. Eles se agachavam numa floresta árida e bebiam água de uma vala coada com um trapo. Ele tinha visto o menino num sonho deitado numa maca de defunto e acordou aterrorizado. O que ele podia tolerar durante a vigília não podia tolerar à noite e ficou sentado de olhos abertos com medo de que o sonho voltasse.

Vasculhavam as ruínas carbonizadas de casas em que não teriam entrado antes. Um cadáver flutuando na água preta de um porão entre lixo e canos enferrujados. Estava numa sala de estar parcialmente queimada e aberta para o céu. As tábuas empenadas por causa da água inclinadas sobre o quintal. Livros ensopados numa estante. Apanhou um e abriu-o e colocou-o de volta. Tudo úmido. Apodrecendo. Numa gaveta encontrou uma vela. Não havia como acendê-la. Colocou-a no bolso. Caminhou para a luz cinzenta lá fora e ficou parado de pé e viu por um breve momento a verdade absoluta do mundo. As voltas frias e incansáveis da terra morta e abandonada. Escuridão implacável. Os cães cegos do sol em sua corrida. O vácuo preto e esmagador do universo. E em algum lugar dois animais caçados tremendo como marmotas em seu abrigo. Tempo usurpado e mundo usurpado e olhos usurpados com os quais lamentá-lo.

Nos arredores de uma cidadezinha eles se sentaram na cabine de um caminhão para descansar, olhando fixamente através do vidro lavado pelas chuvas recentes. Uma leve poeira de cinzas. Exaustos. Na beira da estrada estava uma tabuleta que alertava do risco de morte, as letras desbotadas com os anos. Ele quase sorriu. Você consegue ler aquilo? ele disse.

Sim.

Não ligue. Não tem ninguém aqui.

Eles estão mortos?

Acho que sim.

Eu gostaria que aquele menininho estivesse com a gente.

Vamos, ele disse.

Sonhos maravilhosos agora dos quais ele abominava despertar. Coisas já não mais conhecidas no mundo. O frio o impelia para a frente a fim de ajeitar a fogueira. Memória dela atravessando o gramado na direção da casa cedo pela manhã numa leve camisola rosa que se colava aos seus seios. Ele achava que cada memória lembrada devia cometer algum ato de violência às suas origens. Como num jogo numa festa. Diga a palavra e passe adiante. Então seja moderado. O que você altera ao se recordar ainda mantém uma realidade, conhecida ou não.

Caminharam pelas ruas envolvidos nos cobertores imundos. Ele levava o revólver na cintura e segurava o menino pela mão. No outro lado da cidade encontraram uma casa solitária num campo e atravessaram e entraram e caminharam pelos quartos. Depararam-se consigo num espelho e ele quase sacou o revólver. Somos nós, Papai, o menino sussurrou. Somos nós.

Ele ficou parado na porta dos fundos e olhou para os campos lá fora e para a estrada depois deles e a terra árida depois da estrada. No pátio havia uma churrasqueira feita de um tambor de duzentos litros cortado de uma ponta à outra com uma tocha e apoiado numa moldura de ferro soldado. Umas poucas árvores mortas no quintal. Uma cerca. Um depósito de metal para ferramentas. Ele encolheu os ombros para deixar cair o cobertor e passou-o sobre os ombros do menino.

Quero que você espere aqui.

Quero ir com você.

Só vou até lá dar uma olhada. Fique sentado aqui. Você vai poder me ver o tempo todo. Prometo.

Atravessou o quintal e empurrou a porta para abri-la, ainda segurando a arma. Era uma espécie de depósito de jardinagem. Chão de terra. Prateleiras de metal com alguns vasos de plástico para flores. Tudo coberto por cinzas. Havia ferramentas de jardinagem apoiadas no canto. Um cortador de grama. Um banco de madeira debaixo da janela e ao lado dele um armário de metal. Ele abriu o armário. Velhos catálogos. Pacotes de sementes. Begônia. Ipomeia. Enfiou-os nos bolsos. Para quê? Na prateleira do alto havia duas latas de óleo de motor e ele colocou o revólver no cinto e estendeu o braço e as apanhou e as colocou no banco. Eram muito velhas, feitas de papelão com tampas de metal. O óleo tinha vazado através do papelão mas ainda assim pareciam estar cheias. Recuou e olhou lá para fora pela porta. O menino estava sentado nos degraus dos fundos da casa embrulhado nos cobertores observando-o. Quando ele se virou viu uma lata de gasolina no canto atrás da porta. Sabia que não podia haver gasolina lá dentro e no entanto quando a inclinou com o pé e deixou-a cair para trás mais uma vez se fez um suave ruído de líquido. Apanhou-a, levou-a até o banco e tentou remover a tampa mas não conseguiu. Pegou o alicate no bolso do casaco e abriu as pontas e tentou. Cabia exato e ele rodou a tampa até abri-la e colocou-a no banco e cheirou a lata. Cheiro ruim. Anos de idade. Mas era gasolina e pegaria fogo. Ele atarraxou de volta a tampa e colocou o alicate no bolso. Olhou ao redor em busca de algum recipiente menor mas não havia nenhum. Não devia ter jogado fora a garrafa. Procure na casa.

Atravessando o gramado ele se sentiu quase prestes a desmaiar e teve que parar. Perguntou-se se seria por ter cheirado a gasolina. O menino o observava. Quantos dias até a morte? Dez? Não muito mais do que isso. Ele não conseguia pensar. Por que tinha parado? Virou-se e baixou os olhos para a grama. Caminhou de volta. Experimentando o chão com os pés. Parou e se virou novamente. Então voltou para o depósito. Retornou com uma pá de jardinagem e no lugar onde tinha parado enfiou a pá no chão. Ela afundou até a metade e parou com um som oco de madeira. Ele começou a cavar para tirar a terra.

Devagar. Por Deus ele estava cansado. Apoiou-se na pá. Ergueu a cabeça e olhou para o menino. O menino estava sentado como antes. Ele se curvou e voltou ao trabalho. Não se passou muito tempo até que estivesse descansando entre cada retirada de terra com a pá. O que finalmente desenterrou foi uma peça de compensado coberta com uma folha isolante. Cavou junto às beiradas. Era uma porta com talvez noventa centímetros por um metro e oitenta. Numa das extremidades havia uma argola e um cadeado atados com fita num saco plástico. Ele ficou descansando, segurando-se ao cabo da pá, a testa na curva do braço. Quando levantou os olhos de novo o menino estava de pé no quintal a uns poucos metros dele. Estava muito assustado. Não abra, Papai, ele sussurrou.

Está tudo bem.

Por favor, Papai. Por favor.

Está tudo bem.

Não está não.

Ele estava com os punhos fechados junto ao peito e se balançava para cima e para baixo de medo. O homem deixou cair a pá e colocou os braços ao redor dele. Venha, ele disse. Vamos nos sentar lá na porta e descansar um pouco.

Depois a gente pode ir?

Vamos só nos sentar um pouco.

Está bem.

Sentaram-se embrulhados nos cobertores e ficaram olhando para o jardim lá fora. Ficaram sentados por um bom tempo. Ele tentou explicar ao menino que não havia ninguém enterrado no quintal mas o menino apenas começou a chorar. Depois de algum tempo ele pensou que talvez a criança tivesse razão.

Vamos só ficar sentados. Não vamos nem conversar.

Está bem.

Andaram pela casa outra vez. Ele encontrou uma garrafa de cerveja e um velho trapo de cortina e rasgou uma ponta do pano e enfiou-o no gargalo da garrafa com um cabide. Esta é a nossa nova lamparina, ele disse.

Como podemos acender?

Encontrei um pouco de gasolina no depósito. E um pouco de óleo. Vou te mostrar.

Está bem.

Venha, o homem disse. Está tudo bem. Eu prometo.

Mas quando ele se curvou para ver o rosto do menino sob o capuz do cobertor teve muito medo de que algo tivesse desaparecido e não pudesse mais ser consertado.

Saíram e atravessaram o quintal até o depósito. Ele colocou a garrafa no banco e pegou uma chave de fenda e abriu um buraco numa das latas de óleo e depois abriu um outro menor para ajudar a escorrer. Puxou o pavio da garrafa e encheu-a até mais ou menos a metade, velho óleo para uso em determinada temperatura, espesso e gélido com o frio e que demorou muito tempo para despejar. Ele girou a tampa da lata de gasolina até removê-la e fez um pequeno funil de papel com um dos pacotes de sementes e despejou gasolina na garrafa e colocou o polegar sobre a boca e sacudiu. Então despejou um pouco num prato de argila e pegou o trapo e enfiou-o de novo na garrafa com a chave de fenda. Pegou um pedaço de pederneira do bolso e o alicate e raspou a pederneira com a extremidade serrilhada. Tentou algumas vezes e então parou e despejou mais gasolina no prato. Isto talvez pegue fogo, ele disse. O menino fez que sim. Ele deixou caírem faíscas sobre o prato e elas se transformaram numa chama com um leve farfalhar. Estendeu o braço e pegou a garrafa e inclinou-a e acendeu o pavio e soprou a chama no prato até apagá-la e entregou a garrafa fumegando para o menino. Aqui está, ele disse. Pegue.

O que a gente vai fazer?

Segure a mão na frente da chama. Não deixe apagar.

Ele se levantou e tirou o revólver do cinto. Esta porta parece a outra porta, ele disse. Mas não é. Sei que você está com medo. Está tudo bem. Acho que talvez haja coisas ali e precisamos dar uma olhada. Não há nenhum outro lugar aonde ir. Isso é tudo. Quero que você me ajude. Se você não quiser segurar a lamparina vai ter que segurar o revólver.

Vou segurar a lamparina.

Está bem. Isso é o que os caras do bem fazem. Eles continuam tentando. Não desistem.

Está bem.

Ele conduziu o menino até o quintal lá fora arrastando a fumaça preta da lamparina. Colocou o revólver no cinto e pegou a pá e começou a arrancar a argola do cadeado do compensado. Ele forçou a pá por baixo e fez uma alavanca para puxá-la e depois se ajoelhou e segurou o cadeado e girou a coisa toda até soltá-la e jogou o cadeado na grama. Forçou a pá sob a porta e pôs os dedos debaixo dela e então se pôs de pé e a ergueu. A terra caiu com barulho pelas tábuas. Ele olhou para o menino. Tudo bem com você? falou. O menino fez que sim em silêncio, segurando a lamparina diante dele. O homem abriu a porta e deixou-a cair na grama. Degraus toscos feitos de dois em dois às dezenas e conduzindo à escuridão lá embaixo. Ele estendeu o braço e pegou a lamparina do menino. Começou a descer a escada mas depois se virou e se inclinou e beijou o menino na testa.

O abrigo tinha paredes de blocos de concreto. Um chão de concreto coberto com azulejos de cozinha. Havia um par de beliches de ferro com molas nuas, um junto a cada uma das paredes, os colchões enrolados ao pé deles à maneira do exército. Ele se virou e olhou para o menino agachado acima dele piscando os olhos sob a fumaça que saía da lamparina e então ele desceu os degraus mais abaixo e se sentou e estendeu o braço com a lamparina. Oh meu Deus, ele sussurrou. Oh meu Deus.

O que foi Papai?

Desça até aqui. Oh meu Deus. Desça até aqui.

Caixotes e mais caixotes de produtos enlatados. Tomates, pêssegos, feijões, damascos. Presunto enlatado. Carne em salmoura. Centenas de litros d'água em jarros plásticos de cerca de quarenta litros. Toalhas de papel, papel higiênico, pratos de papel. Sacos plásticos de lixo cheios de cobertores. Ele apoiou a testa na mão. Oh meu Deus, ele disse. Olhou para o menino atrás dele. Está tudo bem, ele disse. Desça até aqui.

Papai?

Desça até aqui. Desça até aqui e veja.

Ele colocou a lamparina sobre o degrau e subiu e tomou o menino pela mão. Venha, ele disse. Está tudo bem.

O que você encontrou?

Encontrei tudo. Tudo. Espere para ver. Ele o levou pela escada e pegou a garrafa e segurou a chama no alto. Consegue ver? ele disse. Consegue ver?

O que são essas coisas todas, Papai?

São comida. Você consegue ler.

Peras. Ali diz peras.

Sim. Diz sim. Oh diz sim.

Só havia altura suficiente para ele ficar de pé. Passou abaixado sob um lampião com uma cúpula verde de metal pendendo de um gancho. Segurou o menino pela mão e percorreram as fileiras de caixotes de papelão reproduzidos por estêncil. *Chile*, milho, ensopado, sopa, molho de espaguete. A riqueza de um mundo desaparecido. Por que isto está aqui? o menino disse. É real?

Oh sim. É real.

Ele puxou para baixo uma das caixas e rasgou-a para abri-la e pegou uma lata de pêssegos. Está aqui porque alguém pensou que poderia ser necessário.

Mas eles não chegaram a usar.

Não. Não chegaram.

Eles morreram.

Sim.

Tudo bem se a gente pegar?

Sim. Tudo bem. Eles gostariam que a gente pegasse. Assim como a gente gostaria que eles pegassem.

Eles eram os caras do bem?

Sim. Eram.

Como a gente.

Como a gente. Sim.

Então tudo bem.

Sim. Tudo bem.

Havia facas e utensílios de plástico e talheres e instrumentos de cozinha numa caixa de plástico. Um abridor de latas. Havia maçaricos elétricos que não funcionavam. Ele encontrou uma caixa de baterias e pilhas secas e examinou-as. A maior parte corroída e vazando uma substância pegajosa e ácida mas algumas pareciam em bom estado.

Ele finalmente conseguiu fazer uma das lanternas funcionar e colocou-a sobre a mesa e apagou com um sopro a chama fumarenta da lamparina. Arrancou um pedaço da caixa de papelão aberta e afastou com ela a fumaça e então subiu e fechou o alçapão e se virou e olhou para o menino. O que você quer para o jantar? ele disse.

Peras.

Boa escolha. Teremos peras.

Ele pegou duas tigelas de papelão de uma pilha delas embrulhada em plástico e colocou-as na mesa. Desenrolou os colchões sobre os beliches para que eles se sentassem e abriu a caixa de peras e pegou uma lata e colocou-a na mesa e furou a tampa com o abridor de latas e começou a girar a roda. Olhou para o menino. O menino estava sentado em silêncio no beliche, ainda envolvido no cobertor, observando. O homem pensou que ele provavelmente não tinha se entregado totalmente a nada daquilo. Você podia acordar na floresta escura e úmida a qualquer momento. Essas vão ser as melhores peras que você já provou, ele disse. As melhores. Espere só.

Sentaram-se lado a lado e comeram a lata de peras. Depois comeram uma lata de pêssegos. Lamberam as colheres e viraram as tigelas e beberam seu xarope rico e doce. Olharam um para o outro.

Mais uma.

Não quero que você fique doente.

Não vou ficar doente.

Faz muito tempo que você não come.

Eu sei.

Está bem.

Ele colocou o menino na cama e alisou seu cabelo imundo no travesseiro e tapou-o com os cobertores. Quando subiu e levantou a porta estava quase escuro lá fora. Foi até a garagem, pegou a mochila, deu uma última olhada ao redor e então desceu os degraus e puxou a porta para fechá-la e passou um dos cabos do alicate através da pesada argola do cadeado do lado de dentro. A luz da lanterna elétrica começava a enfraquecer e ele vasculhou em meio ao depósito até encontrar alguns recipientes de óleo em latas de três litros. Pegou uma das latas e colocou-a sobre a mesa e desatarraxou a tampa e removeu o selo de metal com uma chave de fenda. Então tirou o lampião do gancho no teto e encheu-o. Já tinha encontrado uma caixa plástica de acendedores de butano e acendeu o lampião com um deles e ajustou a chama e pendurou-o de volta. Então simplesmente ficou sentado no beliche.

Enquanto o menino dormia ele começou a vasculhar metodicamente o depósito. Roupas, suéteres, meias. Uma bacia de aço inoxidável e esponjas e barras de sabão. Pasta de dentes e escovas de dentes. No fundo de uma grande jarra plástica com parafusos e tarraxas e ferragens em geral ele encontrou dois punhados de krugerrands de ouro num saco de pano. Despejou-as e apertou-as na mão e olhou para elas e derramou-as de novo na jarra junto com as ferragens e colocou a jarra de volta na prateleira.

Vasculhou tudo, mudando caixas e engradados de um lado do abrigo para o outro. Havia uma portinha de metal que dava num segundo quarto onde garrafas de gasolina estavam estocadas. No canto um banheiro químico. Havia tubos de ventilação nas paredes cobertos com telas de arame e havia escoadouros no chão. Estava ficando quente no abrigo e ele tinha tirado o casaco. Vasculhou tudo. Encontrou uma caixa de cartuchos para o revólver automático calibre 45 e três caixas de cápsulas para rifle calibre 30-30. O que ele não encontrou foi uma arma. Pegou a lanterna a pilha e caminhou pelo chão e examinou as paredes em busca de compartimentos ocultos. Depois de um tempo simplesmente se sentou no beliche comendo uma barra de chocolate. Não havia arma alguma e não haveria.

Quando acordou o lampião no teto sibilava baixinho. As paredes do abrigo estavam ali sob a luz e as caixas e os engradados. Ele não sabia onde estava. Jazia deitado com o casaco por cima. Sentou-se e olhou para o menino dormindo no outro beliche. Tinha tirado os sapatos mas também não se lembrava disso e pegou-os debaixo do beliche e calçou-os e subiu a escada e tirou o alicate da argola do cadeado e ergueu a porta e olhou para fora. De manhã cedo. Ele olhou para a casa e olhou para a estrada lá adiante e estava prestes a abaixar a porta outra vez quando parou. A vaga luz cinzenta estava a leste. Eles tinham dormido durante a noite inteira e o dia que se seguiu. Ele abaixou a porta e prendeu-a novamente e desceu os degraus de volta e se sentou no beliche. Olhou ao redor para as provisões. Estava pronto para morrer e agora já não ia mais e tinha que pensar nisso. Qualquer um podia ver o alçapão no quintal e saberiam de imediato do que se tratava. Ele tinha que pensar no que fazer. Isso não era se esconder na floresta. Era a coisa mais distante disso. Por fim levantou-se e foi até a mesa e montou o fogãozinho a gás de duas bocas e pegou uma frigideira e uma chaleira e abriu a caixa plástica de utensílios de cozinha.

O que acordou o menino foi ele moendo café num pequeno moedor manual. Ele se sentou e olhou por toda parte ao redor. Papai? ele disse.

Oi. Você está com fome?

Tenho que ir ao banheiro. Tenho que fazer xixi.

Ele apontou com a espátula na direção da porta baixa de aço. Ele não sabia como usar o toalete mas usaria assim mesmo. Eles não ficariam ali tanto tempo assim e ele não ia ficar abrindo e fechando o alçapão mais do que precisavam. O menino passou por ele, o cabelo fosco de suor. O que é isso? ele disse.

Café. Presunto. Biscoitos.

Uau, o menino disse.

Arrastou um baú pelo chão e colocou-o entre os beliches, cobriu-o com uma toalha e arrumou os pratos e copos e utensílios de plástico. Colocou uma tigela de biscoitos cobertos com uma toalha de mão e um prato com manteiga e uma lata de leite condensado. Sal e pimenta. Olhou para o menino. O menino parecia drogado. Pegou uma frigideira do fogão e espetou um pedaço de presunto dourado e colocou no prato do menino e pegou ovos mexidos numa outra panela e serviu com uma concha de feijão cozido e pôs café em suas xícaras. O menino levantou os olhos para ele.

Vá em frente, ele disse. Não deixe esfriar.

O que eu como primeiro?

O que você quiser.

Isto é café?

Sim. Aqui. Você coloca a manteiga nos biscoitos. Desse jeito.

Certo.

Você está bem?

Não sei.

Está se sentindo bem?

Estou.

O que é?

Você acha que a gente devia agradecer às pessoas?

As pessoas?

As pessoas que nos deram isso tudo.

Bem. Sim, acho que podemos fazer isso.

Você faz?

Por que não você?

Não sei como.

Sabe sim. Você sabe como dizer obrigado.

O menino ficou sentado olhando para o próprio prato. Parecia perdido. O homem estava prestes a falar quando ele disse: Queridas pessoas, obrigado por toda esta comida e tudo mais. Nós sabemos que vocês guardaram para vocês mesmos e se estivessem aqui a gente não ia comer por mais que estivéssemos com fome e sentimos muito por vocês não terem podido comer e esperamos que vocês estejam a salvo no paraíso com Deus.

Ele levantou os olhos. Está bom assim? ele disse.

Sim. Acho que está bom.

Ele não queria ficar sozinho no abrigo. Seguia o homem de um lado a outro do gramado enquanto ele carregava os jarros plásticos com água até o banheiro nos fundos da casa. Levaram o fogãozinho com eles e umas duas panelas e ele esquentou água e despejou-a na banheira e despejou água dos jarros de plástico. Levou um bom tempo mas ele queria que ficasse bom e quente. Quando a banheira estava quase cheia o menino se despiu e entrou tremendo na água e se sentou. Esquelético e imundo e nu. Abraçado aos próprios ombros. A única luz era a do anel de dentes azuis na boca do fogão. O que você acha? o homem disse.

Enfim quente.

Enfim quente?

É.

De onde você tirou isso?

Não sei.

Está bem. Enfim quente.

Ele lavou o cabelo sujo e embaraçado e limpou-o com o sabão e as esponjas. Esvaziou a água suja em que se sentava e despejou sobre ele água limpa e morna da panela e embrulhou-o tremendo numa toalha e embrulhou-o novamente num cobertor. Penteou seu cabelo e olhou para ele. Vapor saía dele como fumaça. Está tudo bem? falou.

Estou com frio nos pés.

Você vai ter que esperar por mim.

Rápido.

Ele tomou banho e depois saiu e despejou detergente na banheira e mergulhou os jeans fedidos dos dois na água com um desentupidor de privada. Você está pronto? ele disse.

Estou.

Ele abaixou o bico de gás até que ele oscilasse e se apagasse e então acendeu a lanterna e deixou-a no chão. Eles se sentaram na beirada da banheira, colocaram os sapatos e ele deu para o menino a panela e o sabão e ele pegou o fogão e a garrafinha de gasolina e o revólver e embrulhados nos cobertores eles atravessaram o quintal até o abrigo.

Sentaram-se no beliche com um tabuleiro de xadrez entre eles, usando suéteres e meias novos e envolvidos pelos cobertores novos. Ele tinha pendurado num gancho um pequeno aquecedor a gás e eles bebiam coca-cola em canecas de plástico e depois de algum tempo ele voltou à casa e torceu os jeans e trouxe-os de volta e pendurou-os para secar.

Quanto tempo a gente pode ficar aqui Papai?

Não muito.

Quanto tempo é isso?

Não sei. Talvez mais um dia. Dois.

Porque é perigoso.

Sim.

Acha que eles vão encontrar a gente.

Não. Não vão encontrar a gente.

Talvez encontrem.

Não vão não. Eles não vão encontrar a gente.

Mais tarde quando o menino estava dormindo ele foi até a casa e levou parte da mobília para o gramado do quintal. Então arrastou um colchão e colocou-o sobre o alçapão e pelo lado de dentro ele puxou-o sobre o compensado e baixou cuidadosamente a porta de modo a fazer com que o colchão cobrisse-a inteiramente. Não era grande coisa como estratagema mas melhor do que nada. Enquanto o menino dormia ele ficou sentado no beliche e sob a luz da lanterna fabricou balas falsas a partir de um galho de árvore com sua faca, experimentando-as cuidadosamente nos furos vazios do tambor e desbastando a madeira mais um pouco. Afiou as pontas com a faca e arredondou-as esfregando sal e sujou-as com fuligem até ficarem da cor do chumbo. Quanto terminou de aprontar todas as cinco ele as ajustou nos orifícios e fechou o tambor e virou a arma e observou-a. Mesmo tão de perto a arma parecia estar carregada e ele a colocou de lado e se levantou para sentir as pernas dos jeans fumegando sobre o aquecedor.

Tinha guardado o punhadinho de invólucros vazios de cartuchos do revólver mas tinham sumido junto com tudo mais. Devia tê-los guardado no bolso. Tinha perdido até mesmo o último. Pensou que talvez pudesse carregá-los com os cartuchos calibre 45. As cápsulas provavelmente caberiam se ele conseguisse tirá-las sem disparar. Raspar as balas até o tamanho certo com o estilete. Ele se levantou e percorreu uma última vez o depósito. Então abaixou o lampião até a chama vacilar e beijou o menino e subiu no outro beliche sob os cobertores limpos e olhou mais uma vez para aquele pequenino paraíso tremendo sob a luz alaranjada do aquecedor e então adormeceu.

A cidade tinha sido abandonada anos antes mas eles caminhavam pelas ruas cheias de lixo com cuidado, o menino segurando sua mão. Passaram por um depósito de lixo de metal onde alguém em algum momento tinha tentado queimar corpos humanos. A carne e os ossos carbonizados sob as cinzas úmidas poderiam ser anônimos a não ser pelo formato dos crânios. Já não havia mais cheiro. Havia um mercado no fim da rua e num dos corredores com caixas vazias empilhadas havia três carrinhos metálicos de supermercado. Ele os examinou e soltou um deles puxando-o e se agachou e virou as rodas e se pôs de pé e empurrou-o corredor acima e abaixo novamente.

Podíamos pegar dois, o menino disse.

Não.

Eu poderia empurrar um.

Você é o observador. Preciso que você seja nosso vigia.

O que a gente vai fazer com tudo aquilo?

Vamos simplesmente ter que levar o que pudermos.

Você acha que alguém vai vir?

Sim. Em algum momento.

Você disse que não ia vir ninguém.

Não quis dizer nunca.

Eu gostaria que a gente pudesse morar aqui.

Eu sei.

Podíamos ficar de vigia.

Estamos de vigia.

E se alguns dos caras do bem vierem?

Bem, eu não acho que a gente é capaz de encontrar os caras do bem na estrada.

Nós estamos na estrada.

Eu sei.

Se você fica de vigia o tempo todo isso não significa que está o tempo todo com medo?

Bem. Acho que você precisa estar com medo suficiente para ficar de vigia, em primeiro lugar. Para ser cuidadoso. Vigilante.

Mas no resto do tempo não fica assustado?

No resto do tempo.

Sim.

Não sei. Talvez a gente devesse ficar sempre de vigia. Se aparece algum problema quando você menos espera talvez a coisa certa a fazer seja sempre esperar.

Você sempre espera? Papai?

Espero. Mas às vezes eu posso esquecer que estou de vigia.

Ele sentou o menino no baú sob o lampião e com uma escova de plástico e um par de tesouras se pôs a cortar seu cabelo. Tentou fazer direito e levou algum tempo. Quando terminou tirou a toalha de cima dos ombros e pegou o cabelo dourado do chão e limpou o rosto e os ombros do menino com um pano úmido e segurou um espelho para que ele visse.

Você fez um bom trabalho, Papai.

Bom.

Eu pareço mesmo magrelo.

Você está mesmo magrelo.

Ele cortou seu próprio cabelo mas não ficou tão bom. Aparou a barba com a tesoura enquanto uma panela de água esquentava e depois se barbeou com um barbeador de plástico. O menino observava. Quando ele terminou olhou-se no espelho. Parecia não ter queixo. Virou-se para o menino. Como é que eu estou? O menino esticou o pescoço. Não sei, ele disse. Você vai ficar com frio?

Comeram uma refeição suntuosa à luz de velas. Presunto e feijão verde e purê de batatas com biscoitos e molho. Ele tinha encontrado quatro garrafas de 250ml de uísque puro malte ainda nas bolsas de papel em que tinham sido comprados e bebeu um pouco num copo com água. Deixou-o tonto antes mesmo de terminar e ele não bebeu mais. Comeram pêssegos e creme sobre os biscoitos para a sobremesa e beberam café. Os pratos de papel e os talheres de plástico ele jogou numa sacola de lixo. Jogaram xadrez e depois ele pôs o menino na cama.

Durante a noite foi acordado pelo ruído abafado da chuva caindo sobre o colchão na porta acima deles. Pensou que devia estar chovendo realmente forte para que ele conseguisse ouvir. Levantou-se com a lanterna e subiu a escada e ergueu a porta e iluminou o quintal com a luz. O quintal já estava inundado e a chuva martelava. Fechou a porta. Havia vazado água que gotejava escada abaixo mas ele achava que o abrigo em si era bastante à prova d'água. Foi ver como estava o menino. Estava úmido de suor e o homem puxou para baixo um dos cobertores e abanou seu rosto e depois diminuiu o aquecedor e voltou para a cama.

Quando acordou novamente achou que a chuva tinha parado. Mas não foi isso que o acordou. Ele tinha sido visitado num sonho por criaturas de um tipo que nunca tinha visto antes. Não falavam. Ele achou que tinham estado agachadas ao lado do seu catre enquanto dormia e que tinham escapulido quando ele acordou. Virou-se e olhou para o menino. Talvez compreendesse pela primeira vez que, para o menino, ele próprio era um alienígena. Um ser de um planeta que já não existia. Cujas histórias eram suspeitas. Ele não tinha como construir para o prazer da criança o mundo que tinha perdido sem construir também a perda e achava que talvez o menino soubesse disso melhor do que ele. Tentou se lembrar do sonho mas não conseguiu. Tudo o que restava era a sensação. Pensou que talvez eles tivessem vindo avisá-lo. De quê? De que ele não podia acender no coração da criança o que eram cinzas no seu próprio. Mesmo agora alguma parte dele desejava que nunca tivessem encontrado aquele refúgio. Alguma parte dele desejava que tudo tivesse terminado.

Verificou que a válvula do tanque estivesse fechada e puxou o fogãozinho ao redor do baú e se sentou e se pôs a desmontá-lo. Desparafusou o painel superior e removeu o conjunto dos queimadores e desconectou os dois queimadores com uma pequena chave inglesa. Derramou as peças de dentro de um recipiente de plástico e escolheu um parafuso para enfiar na junção e depois apertou-o. Conectou a mangueira do tanque e segurou o queimadorzinho de esquentar comida semipronta na mão, pequeno e leve. Colocou-o sobre o baú, levou a chapa de metal, jogou-a no lixo e foi até a escada para verificar o tempo. O colchão no alto do alçapão tinha absorvido um bocado d'água e a porta estava difícil de levantar. Ficou de pé com ela apoiada nos ombros e olhou para o dia lá fora. Um leve chuvisco caindo. Impossível dizer para que hora do dia estava olhando. Observou a casa e as terras ensopadas lá fora e depois abaixou a porta e desceu a escada e se pôs a preparar o café da manhã.

Passaram o dia comendo e dormindo. Ele tinha planejado ir embora mas a chuva era justificativa suficiente para ficar. O carrinho de compras estava no depósito. Improvável que alguém viajasse pela estrada hoje. Eles examinaram o que havia no estoque e separaram o que podiam levar, arrumando tudo num cubo medido no canto do abrigo. O dia foi breve, mal chegou a ser um dia. Quando escureceu a chuva tinha parado e eles abriram o alçapão e começaram a carregar caixas e pacotes e sacos de plástico pelo quintal até o depósito e colocar no carrinho. O caminho mal iluminado que ia dar no alçapão se estendia no escuro do quintal como um túmulo de boca aberta no dia do juízo final em alguma velha pintura apocalíptica. Quando o carrinho estava totalmente carregado, ele amarrou uma lona por cima e apertou os prendedores no arame com cordões elásticos curtos e recuaram e olharam para o resultado à luz da lanterna. Ele pensou que devia ter apanhado uns dois jogos extra de rodinhas dos outros carrinhos no depósito mas agora era tarde demais. Também devia ter guardado o espelho retrovisor de motocicleta de seu antigo carrinho. Jantaram e dormiram até de manhã e então tomaram banho de novo com esponjas e lavaram o cabelo em bacias de água morna. Tomaram o café da manhã e com a primeira luz do dia estavam na estrada, usando máscaras novas cortadas dos lençóis, o menino indo na frente com uma vassoura e varrendo galhos e ramos do caminho e o homem inclinado sobre o carrinho observando a estrada que se estendia diante deles.

O carrinho estava pesado demais para empurrar na floresta molhada e pararam para descansar ao meio-dia no meio da estrada e prepararam chá quente e comeram o resto do presunto enlatado com biscoitos salgados e com mostarda e molho de maçã. Sentados com as costas de um apoiadas nas do outro e observando a estrada. Você sabe onde a gente está Papai? o menino disse.

Mais ou menos.

Como mais ou menos?

Bem. Acho que estamos a cerca de trezentos quilômetros da costa. Como voa o corvo.

Como voa o corvo?

Sim. Quer dizer em linha reta.

Vamos chegar lá em breve?

Não muito em breve. Mais ou menos em breve. Não vamos seguir como voa o corvo.

Porque os corvos não têm que seguir estradas?

Sim.

Eles podem ir aonde quiserem.

Sim.

Você acha que ainda há corvos em algum lugar?

Não sei.

Mas o que você acha?

Acho que é improvável.

Eles poderiam voar para Marte ou algum lugar?

Não. Não poderiam.

Porque é longe demais?

Sim.

Mesmo que eles quisessem.

Mesmo que eles quisessem.

E se eles tentassem e só chegassem ao meio do caminho ou coisa assim e ficassem cansados demais. Eles iam cair de volta aqui?

Bem. Eles não poderiam realmente chegar até a metade do caminho porque estariam no espaço e não há ar no espaço então eles não poderiam voar e além disso seria frio demais e iam morrer congelados.

Oh.

De todo modo eles não saberiam onde Marte fica.

A gente sabe onde Marte fica?

Mais ou menos.

Se a gente tivesse uma nave espacial poderia ir até lá?

Bem. Se você tivesse uma nave espacial realmente boa e se tivesse gente para te ajudar eu acho que poderia ir.

Teria comida e outras coisas quando você chegasse lá?

Não. Lá não há nada.

Oh.

Ficaram sentados por muito tempo. Ficaram sentados em seus cobertores dobrados e observavam a estrada nas duas direções. Nenhum vento. Nada. Depois de algum tempo o menino disse: Não tem nenhum corvo. Tem?

Não.

Só nos livros.

Sim. Só nos livros.

Eu não achava.

Você está pronto?

Estou.

Eles se levantaram e guardaram as xícaras e o resto dos biscoitos salgados. O homem empilhou os cobertores no alto do carrinho e apertou a lona por cima e depois ficou parado olhando para o menino. O quê? o menino disse.

Sei que você pensou que nós íamos morrer.

É.

Mas não morremos.

Não.

Está bem.

Posso te perguntar uma coisa?

Claro.

Se você fosse um corvo conseguiria voar alto o suficiente para ver o sol?

Sim. Conseguiria.

Foi o que eu pensei. Isso seria bem legal.

Seria sim. Você está pronto?

Estou.

Ele parou. O que aconteceu com a sua flauta?

Joguei fora.

Jogou fora?

Foi.

Está bem.

Está bem.

No longo entardecer cinzento eles atravessaram um rio e pararam e olharam da balaustrada de concreto para a água lenta e fosca passando lá embaixo. Esboçado sobre a fuligem pálida lá adiante o contorno de uma cidade queimada como uma tela preta de papel. Viram-na outra vez logo antes de escurecer empurrando o carrinho pesado na subida de uma longa colina e pararam para descansar e ele virou o carrinho de lado na estrada para que não deslizasse. Suas máscaras já estavam cinzentas na boca e seus olhos com marcas escuras. Sentaram-se nas cinzas na beira da estrada e olharam para leste onde o vulto da cidade escurecia na noite que se aproximava. Não viram luzes.

Você acha que tem alguém ali, Papai?

Não sei.

Quando é que a gente vai poder parar?

Podemos parar agora.

No morro?

Podemos levar o carrinho até aquelas pedras ali embaixo e cobrir com ramos.

Este lugar é bom para parar?

Bem, as pessoas não gostam de parar em morros. E nós não gostamos que pessoas parem.

Então é um bom lugar para nós.

Acho que sim.

Porque nós somos espertos.

Bem, não fiquemos espertos demais.

Está bem.

Você está pronto?

Estou.

O menino se levantou e pegou sua vassoura e colocou-a sobre o ombro. Olhou para o pai. Quais são os nossos objetivos a longo prazo? ele disse.

O quê?

Nossos objetivos a longo prazo.

Onde você ouviu isso?

Não sei.

Não, onde foi?

Você disse.

Quando?

Há muito tempo atrás.

Qual foi a resposta?

Não sei.

Bem. Eu também não. Vamos. Está ficando escuro.

Mais tarde no dia seguinte quando faziam uma curva da estrada o menino parou e colocou a mão no carrinho. Papai, ele sussurrou. O homem levantou os olhos. Um pequeno vulto distante na estrada, curvado e arrastando os pés.

Ele ficou parado inclinado sobre o carrinho. Bem, ele disse. Quem é?

O que a gente devia fazer, Papai?

Poderia ser um chamariz.

O que a gente vai fazer?

Vamos apenas seguir. Vejamos se ele se vira.

Está bem.

* * *

O viajante não olhava para trás. Eles o seguiram por um tempo e depois o ultrapassaram. Um velho, pequeno e curvado. Levava no ombro uma velha mochila do exército com um cobertor enrolado e amarrado no alto junto com um galho descascado como bengala. Quando ele os viu desviou para a beira da estrada e se virou e ficou parado cautelosamente. Tinha uma toalha imunda amarrada sob o queixo como se sentisse dor de dente e cheirava horrivelmente mesmo pelos padrões do novo mundo deles.

Não tenho nada, ele disse. Vocês podem olhar se quiserem.

Não somos ladrões.

Ele inclinou uma orelha para a frente. O quê? exclamou.

Eu disse que não somos ladrões.

O que são vocês?

Eles não tinham como responder à pergunta. Ele enxugou o nariz com as costas do punho e ficou esperando. Não tinha sapatos e seus pés estavam envolvidos por trapos e papelão amarrados com cordão verde e um número indefinido de camadas de panos vagabundos aparecia por entre os rasgões e buracos que havia ali. De repente ele pareceu definhar ainda mais. Inclinou-se em sua bengala e se abaixou até a estrada onde se sentou em meio às cinzas com uma das mãos sobre a cabeça. Parecia uma pilha de trapos caída de um carrinho. Eles se aproximaram e ficaram parados olhando para ele. Senhor? o homem disse. Senhor?

O menino se agachou e pôs uma das mãos em seu ombro. Ele está com medo, Papai. O homem está com medo.

Ele olhou para um lado e para o outro da estrada. Se isto for uma emboscada ele vai primeiro, falou.

Ele só está com medo, Papai.

Diga a ele que não vamos machucá-lo.

O homem balançou a cabeça de um lado para o outro, os dedos entrelaçados no cabelo imundo. O menino levantou os olhos para o pai.

Talvez ele ache que nós não somos reais.

O que ele acha que nós somos?

Não sei.

Não podemos ficar aqui. Temos que ir.

Ele está com medo, Papai.

Não acho que você devesse tocá-lo.

Talvez a gente pudesse dar alguma coisa para ele comer.

Ele ficou olhando para a estrada. Droga, sussurrou. Abaixou os olhos para o velho. Talvez ele fosse se transformar num deus e eles em árvores. Está bem, ele disse.

Desamarrou a lona, dobrou-a e fez uma busca minuciosa por entre as latas de comida e tirou uma lata de coquetel de frutas e pegou o abridor do bolso e abriu a lata e dobrou a tampa e caminhou até lá e se agachou e entregou-a ao menino.

Que tal uma colher?

Ele não vai receber uma colher.

O menino pegou a lata e a entregou ao velho. Tome, ele sussurrou. Aqui.

O velho levantou os olhos e olhou para o menino. O menino fez um gesto para ele com a lata. Parecia alguém tentando alimentar um urubu enfraquecido na estrada. Está tudo bem, ele disse.

O velho abaixou a mão da cabeça. Piscou os olhos. Olhos de um azul acinzentado enterrados nos vincos magros e sujos de fuligem de seu rosto.

Tome, o menino disse.

Ele esticou seus dedos esqueléticos e pegou-a e segurou-a junto ao peito.

Coma, o menino disse. É bom. Fez com as mãos gestos inclinando-as. O velho olhou para a lata. Agarrou-a com força renovada e levantou-a, o nariz enrugando. Suas unhas compridas e amarelas raspavam no metal. Então ele a inclinou e bebeu. O suco escorreu por sua barba imunda. Ele abaixou a lata, mastigando com dificuldade. Balançou a cabeça ao engolir. Olhe, Papai, o menino sussurrou.

Estou vendo, o homem disse.

O menino se virou e olhou para ele.

Sei qual é a pergunta, o homem disse. A resposta é não.

Qual é a pergunta?

Se podemos ficar com ele. Não podemos.

Eu sei.

Você sabe.

É.

Está bem.

Podemos dar mais alguma coisa para ele?

Vamos ver como ele se sai com isto.

Observaram-no comer. Quando ele terminou ficou sentado segurando a lata vazia e olhando para ela como se talvez aparecesse mais.

O que você quer dar para ele?

O que você acha que ele devia comer?

Não acho que ele devia comer nada. O que você quer dar para ele?

Podíamos cozinhar alguma coisa no fogão. Ele podia comer com a gente.

Você está falando em parar. Para a noite.

É.

Ele abaixou os olhos para o velho e olhou para a estrada. Tudo bem, ele disse. Mas amanhã seguimos em frente.

O menino não respondeu.

Isso é o melhor que você vai conseguir.

Tudo bem.

Tudo bem significa tudo bem. Não significa que vamos negociar outra vez amanhã.

O que é negociar?

Significa conversar mais a respeito e aparecer com um outro acordo. Não há nenhum outro acordo. Isso é tudo.

Está bem.

Está bem.

Ajudou o velho a ficar de pé e entregou-lhe a bengala. Ele não chegava a pesar 45 quilos. Ficou olhando ao redor de modo inseguro. O homem pegou a lata das mãos dele e jogou na floresta. O velho tentou entregar-lhe a bengala mas ele a empurrou. Quando você comeu pela última vez? ele perguntou.

Não sei.

Você não se lembra.

Acabei de comer.

Quer comer conosco?

Não sei.

Não sabe?

Comer o quê?

Talvez um ensopado de carne. Com biscoitos salgados. E café.

O que eu tenho que fazer?

Dizer-nos para onde foi o mundo.

O quê?

Você não tem que fazer nada. Consegue andar direito?

Consigo andar.

Ele abaixou os olhos para o menino. Você é um menino? ele disse.

O menino olhou para o pai.

O que ele parece ser? o pai dele disse.

Não sei. Não enxergo bem.

Consegue me enxergar?

Consigo dizer que tem alguém aí.

Bom. Precisamos ir andando. Ele abaixou os olhos para o menino. Não segure a mão dele, disse.

Ele não enxerga.

Não segure a mão dele. Vamos.

Para onde vamos? o velho disse.

Vamos comer.

Ele fez que sim e estendeu a bengala e tateou com hesitação a estrada.

Quantos anos você tem?

Noventa.

Não tem não.

Está bem.

É isso o que você diz às pessoas?

Que pessoas?

Qualquer pessoa.

Acho que sim.

Para que não te machuquem?

Sim.

Funciona?

Não.

O que tem na sua mochila?

Nada. Você pode olhar.

Sei que posso olhar. O que tem aí?

Nada. Só umas coisas.

Nada para comer.

Não.

Qual é o seu nome?

Ely.

Ely de quê?

O que há de errado com Ely?

Nada. Vamos.

Acamparam na floresta bem mais perto da estrada do que ele teria gostado. Teve que arrastar o carrinho enquanto o menino conduzia por trás e fizeram uma fogueira para que o velho se aquecesse embora ele também não gostasse muito disso. Comeram e o velho ficou sentado embrulhado em sua colcha solitária e segurava a colher como uma criança. Só tinham duas xícaras e ele bebeu seu café na tigela onde tinha comido, os polegares recurvados sobre a borda. Sentado como um buda faminto e surrado, olhando fixamente para os carvões.

Você não pode ir conosco, você sabe, o homem disse.

Ele fez que sim.

Há quanto tempo você está na estrada?

Sempre estive na estrada. Você não pode ficar num lugar só.

Como você vive?

Eu apenas sigo em frente. Eu sabia que isto ia acontecer.

Sabia que isto ia acontecer?

Sim. Isto ou algo do tipo. Sempre acreditei nisso.

Tentou se preparar para isto?

Não. O que você faria?

Não sei.

As pessoas estavam sempre se preparando para o amanhã. Eu não acreditava nisso. O amanhã não estava se preparando para elas. Nem sabia que elas estavam ali.

Acho que não.

Mesmo que você soubesse o que fazer não saberia o que fazer. Você não saberia se queria fazer ou não. Suponha que você fosse o último? Suponha que você fizesse isso a você mesmo?

Você gostaria de morrer?

Não. Mas talvez eu gostasse de ter morrido. Quando você está vivo sempre tem isso à sua frente.

Ou você talvez gostasse de nunca ter nascido.

Bem. Mendigos não podem escolher.

Você acha que isso seria pedir demais.

O que está feito está feito. De todo modo, é uma bobagem pedir luxos em tempos como estes.

Acho que sim.

Ninguém quer estar aqui e ninguém quer ir embora. Ele levantou a cabeça e olhou para o menino do outro lado da fogueira. O homem podia ver seus olhinhos observando-o à luz da fogueira. Sabe Deus o que aqueles olhos viam. Ele se levantou para empilhar mais madeira na fogueira e puxou os carvões de cima das folhas mortas. As centelhas vermelhas levantaram-se num estremecimento e morreram no negrume lá em cima. O velho bebeu o que restava do café e colocou a tigela à sua frente e se inclinou na direção do calor com as mãos estendidas. O homem o observava. Como você saberia se fosse o último homem na terra? ele disse.

Acho que você não saberia. Simplesmente seria.

Ninguém saberia.

Não faria diferença alguma. Quando você morre é como se o resto do mundo morresse também.

Acho que Deus saberia. É isso?

Deus não existe.

Não?

Deus não existe e nós somos seus profetas.

Não entendo como você ainda está vivo. Como você come?

Não sei.

Não sabe?

As pessoas te dão coisas.

As pessoas te dão coisas.

Sim.

Para comer.

Para comer. Sim.

Não dão não.

Você deu.

Não dei não. O menino deu.

Há outras pessoas na estrada. Vocês não são os únicos.

Você é o único?

O velho olhou de perto cautelosamente. O que você quer dizer? ele disse.

Tem gente com você?

Que gente?

Qualquer um.

Não tem ninguém. Sobre o que você está falando?

Estou falando sobre você. Sobre em que tipo de trabalho você poderia estar.

O velho não respondeu.

Imagino que você queira ir conosco.

Ir com vocês.

Sim.

Você não vai me levar com vocês.

Você não quer ir.

Eu não teria nem vindo até aqui mas estava com fome.

As pessoas que te deram comida. Onde eles estão?

Não tem ninguém. Eu simplesmente inventei isso.

O que mais você inventou?

Só estou na estrada assim como vocês. Nenhuma diferença.

Seu nome é mesmo Ely?

Não.

Você não quer dizer seu nome.

Não quero dizer.

Por quê?

Não poderia confiá-lo a você. Para fazer alguma coisa com ele.

Não quero ninguém falando de mim. Dizendo onde é que eu estava ou o que eu disse quando estava lá. Quero dizer, você talvez pudesse falar de mim. Mas ninguém poderia dizer que era eu. Eu poderia ser qualquer pessoa. Acho que em tempos como estes quanto menos se disser melhor. Se alguma coisa tivesse acontecido e nós fôssemos sobreviventes e nos encontrássemos na estrada então teríamos algo sobre o que falar. Mas não somos. Então não temos.

Talvez não.

Mas você não quer dizer isso na frente do menino.

Você não é uma isca servindo a um bando de ladrões da estrada?

Eu não sou nada. Posso ir embora se você quiser. Consigo encontrar a estrada.

Você não precisa ir embora.

Eu não vejo uma fogueira há muito tempo, isso é tudo. Vivo como um animal. Você não ia querer saber as coisas que comi. Quando vi esse menino pensei que tinha morrido.

Pensou que ele era um anjo?

Eu não sabia o que ele era. Nunca achei que fosse voltar a ver uma criança. Não sabia que isso ia acontecer.

E se eu disser que ele é um deus?

O velho balançou a cabeça. Já deixei tudo isso para trás. Faz anos. Onde os homens não podem viver deuses também não se sentem bem. Você vai ver. É melhor ficar sozinho. Então espero que não seja verdade o que você disse pois estar na estrada com o último deus seria uma coisa terrível então espero que não seja verdade. As coisas vão melhorar quando todos tiverem morrido.

Vão?

Claro que vão.

Melhorar para quem?

Todo mundo.

Todo mundo.

Claro. Todos nós estaremos melhor. Vamos respirar com mais facilidade.

É bom saber disso.

É sim. Quando todos tivermos morrido pelo menos não haverá ninguém aqui além da morte e seus dias estarão contados também.

Ela vai estar aqui na estrada sem nada para fazer e sem ninguém a quem fazer. Ela vai dizer: Para onde foi todo mundo? E é assim que vai ser. O que há de errado com isso?

Pela manhã estavam parados na estrada e ele e o menino discutiam sobre o que dar ao velho. No fim ele não recebeu muita coisa. Algumas latas de vegetais e frutas. Por fim o menino simplesmente foi até a beira da estrada e se sentou nas cinzas. O velho arrumou as latas na mochila e amarrou as tiras. Você devia agradecer a ele, sabe, o homem disse. Eu não teria dado nada a você.

Talvez eu devesse e talvez não devesse.

Por que não?

Eu não teria dado a ele do meu.

Você não se preocupa se isso pode magoá-lo?

Vai magoá-lo?

Não. Não foi por esse motivo que ele fez isso.

Por que ele fez?

Ele olhou para o menino lá adiante e olhou para o velho. Você não entenderia, ele disse. Não tenho certeza de que eu entenda.

Talvez ele acredite em Deus.

Não sei no que ele acredita.

Ele vai superar.

Não vai não.

O velho não respondeu. Olhou para o dia ao seu redor.

Você também não vai nos desejar boa sorte, vai?

Não sei o que seria isso. Que sorte vocês gostariam de ter. Quem poderia saber uma coisa dessas?

Então todos seguiram em frente. Quando ele olhou para trás o velho tinha partido com a bengala, tateando seu caminho, diminuindo lentamente na estrada atrás deles como algum mascate de um livro de histórias de outrora, escuro e curvado e magro como uma aranha e prestes a desaparecer para sempre. O menino não chegou a olhar para trás.

No começo da tarde eles estenderam a lona na estrada e se sentaram e comeram um almoço frio. O homem o observava. Você vai falar? ele disse.

Vou.

Mas você não está feliz.

Estou bem.

Quando nossa comida acabar você vai ter mais tempo para pensar sobre isso.

O menino não respondeu. Comeram. Ele olhou para a estrada atrás deles. Depois de algum tempo disse: Eu sei. Mas não vou me lembrar disso como você se lembra.

Provavelmente não.

Eu não disse que você estava errado.

Mesmo que tenha pensado isso.

Está tudo bem.

É, o homem disse. Bem. Não há muitas boas novidades na estrada. Em tempos como estes.

Você não devia debochar dele.

Está bem.

Ele vai morrer.

Eu sei.

A gente pode ir agora?

Sim, o homem disse. Podemos ir.

À noite ele acordou na fria escuridão tossindo e tossiu até o peito ficar em carne viva. Inclinou-se na direção da fogueira e soprou os carvões e colocou mais madeira e se levantou e se afastou do acampamento até onde a luz lhe permitia. Ajoelhou-se nas folhas secas e nas cinzas com o cobertor por cima dos ombros e depois de algum tempo a tosse começou a passar. Pensou no velho em algum lugar lá fora. Olhou novamente para o acampamento através da paliçada negra das árvores. Esperava que o menino tivesse voltado a dormir. Ficou ajoelhado ali respirando com dificuldade e baixinho, as mãos sobre os joelhos. Vou morrer, ele falou. Diga-me como eu faço isso.

No dia seguinte andaram até quase escurecer. Ele não conseguiu encontrar nenhum lugar seguro para fazer uma fogueira. Quando tirou o tanque do carrinho achou que parecia leve. Sentou-se e girou a válvula, mas já estava ligada. Ele girou o botãozinho da boca. Nada. Inclinou-se e ficou escutando. Tentou as duas válvulas novamente em suas combinações. O tanque estava vazio. Ele se agachou ali com as mãos em punho contra a testa, os olhos fechados. Depois de algum tempo levantou a cabeça e ficou sentado olhando fixamente para a floresta fria que escurecia.

Comeram um jantar frio com broa de milho e feijão e carne de uma lata. O menino lhe perguntou como o tanque havia esvaziado tão cedo mas ele disse que simplesmente havia esvaziado.

Você disse que ia durar semanas.

Eu sei.

Mas só se passaram uns poucos dias.

Eu estava errado.

Comeram em silêncio. Depois de algum tempo o menino disse: Esqueci de desligar a válvula, não foi?

Não é culpa sua. Eu devia ter verificado.

O menino colocou o prato sobre a lona. Desviou o olhar.

Não é culpa sua. Você tem que desligar as duas válvulas. As roscas deveriam estar seladas com fita isolante senão vazaria e eu não fiz isso. É minha culpa. Eu não te falei.

Mas não havia fita nenhuma, havia?

Não é culpa sua.

Eles seguiram caminhando com dificuldade, magros e imundos como viciados na rua. Encapuzados em seus cobertores sob o frio e sua respiração fumegando, misturada à neve preta e sedosa. Estavam atravessando a ampla planície costeira onde os ventos seculares os impeliam em nuvens uivantes de cinzas a encontrar abrigo onde pudessem. Casas ou celeiros ou sob a encosta de uma vala de beira de estrada com os cobertores puxados por sobre as cabeças e o céu do meio-dia preto como os porões do inferno. Segurou o menino de encontro a si, frio até os ossos. Não desanime, ele disse. Vamos ficar bem.

A terra era cheia de sulcos e erodida e árida. Os ossos de criaturas mortas estendidos nos brejos. Monturos de lixo anônimo. Casas de fazenda nos campos despidas de sua pintura e os sarrafos arrancados dos caibros das paredes. Tudo sem sombras e sem traços. A estrada descia através de uma selva de puerária morta. Um pântano onde os juncos mortos jaziam sobre a água. Para além da beira dos campos a névoa opaca se estendia igualmente sobre a terra e o céu. No fim da tarde tinha começado a nevar e eles seguiram com a lona sobre as cabeças e a neve molhada sibilando no plástico.

Ele tinha dormido pouco em semanas. Quando acordou pela manhã o menino não estava lá e ele se sentou com o revólver na mão, em seguida se levantou e procurou por ele, mas não estava à vista. Colocou os sapatos e caminhou até a margem das árvores. A aurora triste a leste. O sol estrangeiro iniciando seu trânsito frio. Viu o menino vindo correndo através do campo. Papai, ele chamou. Tem um trem na floresta.
Um trem?
É.
Um trem de verdade?
É. Venha.
Você não foi até lá foi?
Não. Só um pouco. Venha.
Não tem ninguém lá?
Não. Acho que não. Vim te buscar.
Tem uma locomotiva?
Tem. Uma grande, de diesel.

Atravessaram o campo e entraram na floresta do outro lado. Os trilhos saíam do campo numa colina com uma ribanceira e passavam através da floresta. A locomotiva era diesel-elétrica, e havia seis vagões de aço inoxidável para passageiros atrás dela. Ele segurou a mão do menino. Vamos só ficar sentados e observar, ele disse.

Sentaram-se no aterro e esperaram. Nada se movia. Ele entregou o revólver ao menino. Você fica com ele, Papai, o menino disse.

Não. Esse não é o acordo. Pegue.

Ele pegou o revólver e se sentou com ele no colo e o homem desceu pelo lado direito e ficou parado olhando para o trem. Cruzou os trilhos para o outro lado e desceu acompanhando a extensão dos vagões. Quando saiu de trás do último deles acenou para que o menino viesse e o menino se levantou e colocou o revólver no cinto.

Tudo estava coberto de cinzas. Os corredores cheios de lixo. Malas jaziam abertas sobre os assentos em que tinham sido colocadas depois de retiradas dos compartimentos no alto e saqueadas muito tempo atrás. No vagão-restaurante ele encontrou uma pilha de pratos de papel e soprou a poeira de cima deles, colocou-os dentro da parca e isso foi tudo.

Como ele chegou aqui, Papai?

Não sei. Acho que alguém o estava levando para o sul. Um grupo de pessoas. Aqui foi onde eles provavelmente ficaram sem combustível.

Está aqui faz muito tempo?

Sim. Acho que está. Há muito tempo.

Passaram pelo último dos vagões e então caminharam pelo trilho até a locomotiva e subiram à passarela. Ferrugem e pintura descascando. Abriram à força a porta da cabine e ele soprou as cinzas do assento do maquinista e colocou o menino nos controles. Os controles eram bastante simples. Pouca coisa a fazer além de mover para a frente a alavanca do acelerador. Ele fez ruídos de trem e ruídos de buzinas de motor a diesel mas não tinha certeza do que isso poderia significar para o menino. Depois de algum tempo ficaram simplesmente olhando através do vidro sujo de lodo para onde os trilhos faziam uma curva e desapareciam na desolação do mato. Se viam mundos diferentes, o que sabiam era a mesma coisa. Que o trem ficaria ali se decompondo devagar durante toda a eternidade e que nenhum trem voltaria a andar algum dia.

Podemos ir, Papai?

Sim. Claro que podemos.

Começaram a se deparar de tempos em tempos com pequenas pilhas de pedras junto à beira da estrada. Eram sinais na linguagem dos ciganos, configurações perdidas que usavam para comunicação. Eram as primeiras que via fazia algum tempo, comuns no norte, levando para fora das cidades pilhadas e exaustas mensagens desesperançadas para pessoas amadas desaparecidas e mortas. A essa altura todas as vendas de comida tinham se esgotado e os assassinatos estavam em toda parte sobre a terra. O mundo prestes a ser povoado por homens capazes de comer seus filhos diante dos seus olhos e as cidades em si tomadas por bandos de saqueadores enegrecidos que abriam túneis em meio às ruínas e se arrastavam subindo em meio ao entulho com dentes e olhos brancos trazendo latas de comida carbonizadas e anônimas em redes de náilon como compradores nos armazéns do inferno. O talco macio e negro era soprado pelas ruas como tinta de polvo se espalhando pelo fundo do mar e o frio se aproximava e a escuridão chegava cedo e os comedores de lixo passando pelos desfiladeiros íngremes com suas tochas abriam com seus passos buracos sedosos nas cinzas carregadas pelo vento que se fechavam atrás deles silenciosos como olhos. Lá fora nas estradas os peregrinos desfaleciam e caíam e morriam e a terra árida e amortalhada passava rodando sob o sol e regressava outra vez sem deixar rastros e sem ser notada, como o caminho de qualquer outro mundo gêmeo na antiga escuridão longínqua.

Muito antes que alcançassem a costa seus víveres tinham praticamente acabado. A região tinha sido despojada e pilhada anos antes e não encontraram nada nas casas e prédios à beira da estrada. Ele encontrou uma lista telefônica num posto de gasolina e escreveu o nome da cidade no mapa com um lápis. Sentaram-se na curva em frente à construção e comeram biscoitos e procuraram pela cidade mas não conseguiam encontrá-la. Ele separou as partes do mapa e olhou outra vez. Por fim mostrou ao menino. Estavam a uns oitenta quilômetros a oeste de onde ele teria imaginado. Desenhou varetas no mapa. Estes somos nós, ele disse. O menino traçou a rota até o mar com o dedo. Quanto tempo vai levar pra gente chegar lá? ele disse.

Duas semanas. Três.

É azul?

O mar? Não sei. Costumava ser.

O menino fez que sim. Ficou sentado olhando para o mapa. O homem o observava. Pensou que sabia o que era. Ele estudava cuidadosamente os mapas quando criança, mantendo o dedo sobre a cidade em que morava. Assim como procurava pela família na lista telefônica. Eles próprios entre outras pessoas, tudo em seu lugar. Venha, ele disse. Temos que ir.

No fim da tarde começou a chover. Deixaram a estrada e seguiram por um caminho de terra através de um campo e passaram a noite num depósito. O depósito tinha piso de concreto e na outra extremidade havia alguns tambores de aço vazios. Ele bloqueou as portas com os tambores, fez uma fogueira no chão e montou camas com algumas caixas de papelão achatadas. A chuva martelou a noite toda no teto de aço acima deles. Quando ele acordou a fogueira tinha apagado e estava muito frio. O menino estava sentado embrulhado no cobertor.

O que é?

Nada. Eu tive um sonho ruim.

Com o que você sonhou?

Nada.

Você está bem?

Não.

Ele passou os braços ao seu redor e o abraçou. Está tudo bem, falou.

Eu estava chorando. Mas você não acordou.

Sinto muito. É que eu estava tão cansado.
Eu quis dizer no sonho.

Pela manhã quando ele acordou a chuva tinha passado. Ficou escutando o vagaroso gotejar da água. Deslocou os quadris sobre o concreto duro e olhou através das tábuas para a região cinzenta lá fora. O menino ainda estava dormindo. A água pingava e formava poças no chão. Bolhinhas apareciam e deslizavam e desapareciam outra vez. Numa cidade ao pé da montanha eles tinham dormido num lugar como aquele e escutado a chuva. Havia uma drogaria antiquada com um balcão de mármore preto e bancos de cromo com assentos de plástico esfarrapado remendado com fita isolante. A farmácia tinha sido saqueada mas o resto da loja estava estranhamente intacto. Equipamentos eletrônicos caros repousavam intocados nas prateleiras. Ele ficou parado olhando para o lugar ao redor. Miudezas. Aviamentos. O que é isto? Pegou a mão do menino e o levou para fora mas o menino já tinha visto. Uma cabeça humana debaixo de uma tampa de bolo na ponta do balcão. Ressecada. Usando um boné de beisebol. Olhos secos voltados tristemente para dentro. Ele sonhou com isso? Não sonhou. Levantou-se, se pôs de joelhos e soprou nos carvões e arrastou as extremidades queimadas da tábua e reavivou a fogueira.

Existem outros caras do bem. Você disse isso.
Sim.
Então onde eles estão?
Estão escondidos.
De quem?
Uns dos outros.
Existem muitos deles?
Nós não sabemos.
Mas alguns.
Alguns. Sim.
Isso é verdade?
Sim. É verdade.

Mas poderia não ser verdade.

Acho que é verdade.

Está bem.

Você não acredita em mim.

Acredito em você.

Está bem.

Sempre acredito em você.

Eu acho que não.

Acredito sim. Tenho que acreditar.

Eles caminharam de volta à estrada através da lama. Cheiro de terra e cinza molhada sob a chuva. Água preta no fosso da beira da estrada. Caindo de um cano de esgoto dentro de um poço. Num quintal um cervo de plástico. Tarde no dia seguinte entraram numa cidadezinha onde três homens saíram de trás de um caminhão e pararam na estrada diante deles. Emaciados, vestindo trapos. Segurando pedaços de cano. O que vocês têm no carrinho? Ele apontou o revólver para eles. Eles continuavam parados. O menino se agarrou ao seu casaco. Ninguém falava. Ele empurrou o carrinho para a frente outra vez e eles se afastaram até a beira da estrada. Ele mandou o menino empurrar o carrinho e caminhou de costas mantendo o revólver apontado para eles. Tentava parecer um matador migratório como qualquer outro mas seu coração estava aos pulos e sabia que ia começar a tossir. Eles voltaram devagar para a estrada e ficaram observando. Ele colocou o revólver no cinto e virou e pegou o carrinho. No alto da ladeira quando olhou para trás eles ainda estavam de pé ali. Ele disse ao menino para empurrar o carrinho e saiu para um quintal onde podia enxergar a estrada lá atrás mas agora eles tinham desaparecido. O menino estava muito assustado. Colocou a arma por cima da lona, pegou o carrinho e seguiram em frente.

Ficaram num campo até escurecer observando a estrada mas ninguém veio. Estava muito frio. Quando estava escuro demais para enxergar, pegaram o carrinho, voltaram aos tropeços para a estrada e ele pegou os cobertores, se embrulharam neles e seguiram em frente. Tateando o pavimento sob seus pés. Uma das rodas do carrinho tinha adquirido um guincho periódico mas não havia nada a fazer a respeito. Passaram por um esforço enorme durante algumas horas e então atravessaram aos tropeços o mato da beira da estrada e se deitaram tremendo e exaustos no chão frio e dormiram até de manhã. Quando ele acordou estava doente.

Estava com febre e ficaram na floresta como fugitivos. Nenhum lugar onde fazer uma fogueira. Nenhum lugar seguro. O menino ficava sentado nas folhas observando-o. As lágrimas transbordando de seus olhos. Você vai morrer, Papai?

Não. Só estou doente.

Estou com muito medo.

Eu sei. Está tudo bem. Vou melhorar. Você vai ver.

Seus sonhos se tornavam mais nítidos. O mundo desaparecido retornava. Parentes mortos havia muito ressurgiam e lançavam olhares oblíquos sobre ele. Ninguém falava. Pensou em sua vida. Tanto tempo atrás. Um dia cinzento numa cidade estrangeira onde ele ficava de pé diante de uma janela e observava a rua lá embaixo. Atrás dele numa mesa de madeira um pequeno abajur aceso. Sobre a mesa livros e papéis. Tinha começado a chover e um gato num canto se virou e atravessou a calçada e se sentou debaixo do café bocejando. Havia uma mulher numa mesa com a cabeça nas mãos. Anos mais tarde ele se encontraria de pé nas ruínas carbonizadas de uma biblioteca onde livros enegrecidos jaziam em poças d'água. Estantes derrubadas. Alguma ira voltada às mentiras arrumadas aos milhares fileira após fileira. Pegou um dos livros e folheou as páginas pesadas e inchadas. Ele não teria pensado no valor das menores coisas estabelecido num mundo por vir. Surpreendeu-o. Que o espaço que essas coisas ocupavam era em si uma expectativa. Deixou o livro cair e deu uma última olhada ao redor e saiu abrindo caminho até a luz fria e cinzenta.

Três dias. Quatro. Ele dormia pouco. A tosse torturante o acordava. Sugando o ar com um som áspero. Me desculpe, ele dizia para a escuridão impiedosa. Está tudo bem dizia o menino.

Acendeu o pequeno lampião a óleo e deixou-o sobre uma pedra e se levantou e caminhou arrastando os pés por entre as folhas envolvido em seus cobertores. O menino sussurrou-lhe para que não fosse. Só um pouquinho, ele disse. Não vou longe. Vou te ouvir se você chamar. Se o lampião apagasse ele não conseguiria encontrar o caminho de volta. Sentou-se sobre as folhas no alto do morro e olhou para a escuridão. Nada para ver. Nenhum vento. No passado, quando caminhava assim e se sentava olhando para o campo ali adiante num vulto quase invisível onde a lua perdida trilhava a desolação cáustica, às vezes via uma luz. Fraca e indistinta na penumbra. Do outro lado de um rio ou no interior dos quadrantes enegrecidos de uma cidade queimada. Pela manhã às vezes ele regressava com o binóculo e observava os campos em busca de algum sinal de fumaça mas não via nenhum.

De pé na beira de um campo de inverno em meio a homens brutos. Da idade do menino. Um pouco mais velho. Observando enquanto eles abriam o chão rochoso da encosta com picareta e enxadão e traziam para a luz um grande bolo de serpentes somando talvez uma centena. Reunidas ali para se aquecerem umas às outras. Seus tubos foscos começando a se mover preguiçosamente sob a luz fria e dura. Como os intestinos de alguma grande besta expostos ao dia. Os homens derramaram gasolina nelas e as queimaram vivas, não tendo qualquer remédio para o mal mas apenas para a imagem dele tal como o concebiam. As serpentes queimando se contorciam horrivelmente e algumas rastejavam em chamas pelo chão da gruta iluminando seus recessos mais escuros. Como eram mudas não havia gritos de dor e os homens as observaram queimar e se contorcer e enegrecer, eles próprios no mesmo silêncio, e debandaram em silêncio no crepúsculo do inverno cada um com seus próprios pensamentos e foram para casa jantar.

Certa noite o menino acordou de um sonho e não queria dizer a ele o que era.

Você não tem que me dizer, o homem falou. Está tudo bem.

Estou com medo.

Está tudo bem.

Não está não.

É só um sonho.

Estou com muito medo.

Eu sei.

O menino virou de costas. O homem o abraçou. Escute, ele disse.

O quê.

Quando seus sonhos forem de algum mundo que nunca existiu ou de algum mundo que nunca vai existir e você ficar feliz de novo então você terá desistido. Está entendendo? E você não pode desistir. Eu não vou deixar.

Quando partiram novamente ele estava muito fraco e, apesar de todos os seus discursos, estava com mais medo do que estivera durante anos. Imundo com uma diarreia, apoiado na trave com que empurrava o carrinho de compras. Olhava para o menino do fundo de seus olhos afundados e pálidos. Alguma nova distância entre eles. Podia senti-la. No intervalo de dois dias eles chegaram a uma região onde tempestades de fogo tinham passado deixando quilômetros e quilômetros de terra queimada. Uma cobertura de cinzas sobre a estrada com centímetros de espessura e sobre a qual era difícil de passar com o carrinho. O asfalto por baixo tinha se curvado com o calor e depois endurecido novamente. Ele se inclinava sobre a barra para empurrar o carrinho e olhava para o caminho reto e comprido abaixo dele. As árvores magras lá embaixo. Os canais de um limo cinzento. Uma terra coberta de palha e enegrecida.

Depois de um cruzamento na desolação eles começaram a se deparar com os pertences de viajantes abandonados na estrada anos antes. Caixas e bolsas. Tudo derretido e preto. Velhas maletas de plástico onduladas e disformes no calor. Aqui e ali marcas de coisas arrancadas do asfalto por pessoas atrás de restos. Mais um quilômetro e pouco adiante, começaram a se deparar com os mortos. Vultos meio afundados no asfalto, agarrando-se, as bocas gritando. Ele pôs a mão no ombro do menino. Segure a minha mão, falou. Não acho que você deveria ver isto.

O que você coloca na sua cabeça é para sempre?

Sim.

Está tudo bem Papai.

Está tudo bem?

Eles já estão aqui.

Não quero que você olhe.

Eles ainda vão estar aqui.

Ele parou e se inclinou sobre o carrinho. Olhou para a estrada abaixo dele e olhou para o menino. Tão estranhamente imperturbado.

Por que simplesmente não vamos em frente, o menino disse.

Sim. Está bem.

Eles estavam tentando fugir não estavam Papai?

Sim. Estavam.

Por que não saíram da estrada?

Não podiam. Tudo estava em chamas.

Seguiram caminho por entre os vultos mumificados. A pele preta esticada sobre seus ossos e seus rostos rachados e afundados no crânio. Como se tivessem sido sugados de maneira hedionda. Passando por eles em silêncio através daquele silencioso corredor em meio às cinzas carregadas pelo vento enquanto eles lutavam para sempre no coágulo frio da estrada.

Passaram pelo local de um pequeno povoado de beira de estrada reduzido a nada pelo fogo. Alguns tanques de metal de depósito, uns poucos canos de chaminé de tijolos enegrecidos ainda de pé. Havia poças cinzentas de vidro derretido nos fossos e os fios de eletricidade desencapados jaziam em meadas enferrujadas por quilômetros ao longo da beira da estrada. Ele tossia a cada passo. Viu que o menino o observava. Ele era aquilo em que o menino pensava. Bem, deveria ser.

Sentaram-se na estrada e comeram sobras de fatias de pão duro como biscoito e sua última lata de atum. Ele abriu uma lata de ameixas secas e passaram-na entre eles. O menino segurou a lata no alto e bebeu o resto do caldo e depois se sentou com a lata no colo e passou o dedo indicador em seu interior e colocou o dedo na boca.

Não corte o dedo, o homem disse.

Você sempre diz isso.

Eu sei.

Ele o observou lamber a tampa da lata. Com grande cuidado. Feito um gato lambendo seu reflexo num vidro. Pare de me olhar, ele disse.

Está bem.

Ele abaixou a tampa da lata e colocou-a na estrada diante dele. O quê? ele disse. O que foi? ele disse. O que foi?

Nada.

Diga.

Acho que tem alguém seguindo a gente.

Foi o que eu pensei.

Foi o que você pensou?

É. Foi o que eu pensei que você ia dizer. O que você quer fazer?

Não sei.

O que você acha?

Vamos embora, só isso. A gente devia esconder nosso lixo.

Porque eles vão achar que a gente tem um monte de comida.

É.

E vão tentar matar a gente.

Eles não vão matar a gente.

Talvez eles tentassem.

Nós estamos bem.

Está bem.

Acho que a gente devia ficar no mato esperando por eles. Ver quem eles são.

E quantos.

E quantos. Sim.

Está bem.

Se conseguirmos atravessar o riacho podíamos subir os penhascos ali e vigiar a estrada.

Está bem.

Vamos encontrar um lugar.

Eles se levantaram e empilharam seus cobertores no carrinho. Pegue a lata, o homem disse.

Já era tarde no longo crepúsculo antes que a estrada cruzasse o riacho. Atravessaram a ponte com o carrinho e o empurraram pela floresta em busca de algum lugar para deixá-lo onde ele não fosse ser visto. Ficaram parados olhando para a estrada lá atrás na penumbra.

E se a gente colocar ele debaixo da ponte? o menino disse.

E se eles forem ali para beber água?

A que distância você acha que eles estão da gente?

Não sei.

Está ficando escuro.

Eu sei.

E se eles passarem no escuro?

Vamos só encontrar um lugar onde a gente possa vigiar. Ainda não está escuro.

Esconderam o carrinho e subiram a encosta em meio às pedras carregando seus cobertores e se esconderam num lugar de onde pudessem ver a estrada através das árvores por talvez oitocentos metros. Estavam protegidos do vento e se embrulharam nos cobertores e se revezaram na vigia mas depois de um tempo o menino tinha adormecido. Ele próprio estava quase dormindo quando viu um vulto aparecer no alto da estrada e ficar parado ali. Logo mais dois apareceram. E um quarto. Eles ficaram parados e se agruparam. Então avançaram. Ele só conseguia divisá-los na penumbra intensa. Achou que talvez parassem logo e desejou ter encontrado um lugar mais distante da estrada. Se eles parassem na ponte seria uma noite longa e fria. Vieram pela estrada e atravessaram a ponte. Três homens e uma mulher. A mulher andava com um ritmo gingado e quando ela se aproximou ele pôde ver que estava grávida. Os homens carregavam mochilas nas costas e a mulher levava uma pequena valise de tecido. Todos eles com aparências miseráveis para além de qualquer descrição. A respiração produzindo um vapor discreto. Atravessaram a ponte e continuaram seguindo pela estrada e desapareceram um por um na escuridão imóvel.

Foi uma longa noite de todo modo. Quando havia luz suficiente para ver ele calçou os sapatos e se levantou e se envolveu num dos cobertores e caminhou e ficou parado olhando para a estrada lá embaixo. A floresta nua cor de ferro e os campos adiante. Os vultos enrugados de velhos sulcos feitos por arado ainda fracamente visíveis. Algodão talvez. O menino estava dormindo e ele desceu até o carrinho e pegou o mapa e a garrafa d'água e uma lata de frutas de suas pequenas reservas e voltou e se sentou nos cobertores e estudou o mapa.

Você sempre acha que a gente avançou mais do que avançou de fato. Ele moveu o dedo. Aqui então.
Mais.
Aqui.
Está bem.
Ele dobrou as folhas moles e apodrecendo. Está bem, ele disse.
Ficaram sentados olhando através das árvores para a estrada.

Você acha que seus pais estão observando? Que eles te inscrevem em seu livro-razão? Contra o quê? Não há livro algum e seus pais estão mortos no chão.

A região passava de pinheiro para carvalho e pinheiro. Magnólias. Árvores mortas como qualquer outra. Ele pegou uma das pesadas folhas e esmagou-a na mão até transformá-la em pó e deixou o pó escapar por entre os dedos.

Na estrada cedo no dia seguinte. Não tinham avançado muito quando o menino puxou sua manga e eles pararam e ficaram ali de pé. Um traço suave de fumaça saía da floresta adiante. Ficaram observando.

O que a gente devia fazer, Papai?

Talvez a gente devesse dar uma olhada.

Vamos só seguir em frente.

E se eles estiverem indo na mesma direção que nós?

E daí? o menino disse.

Vamos ter que ficar com eles atrás da gente. Eu gostaria de saber quem são.

E se for um exército?

É só uma fogueirinha.

Por que a gente não fica só esperando?

Não podemos esperar. Estamos quase sem comida. Temos que continuar indo em frente.

Deixaram o carrinho na floresta e ele verificou a rotação das balas no tambor. As de madeira e a real. Ficaram parados escutando. A fumaça subia verticalmente no ar parado. Nenhum som de espécie alguma. As folhas estavam macias com a chuva recente e não fazia barulho sob os pés. Ele se virou e olhou para o menino. O rosto pequeno e sujo com o medo estampado. Eles circundaram a fogueira mantendo distância, o menino segurando sua mão. Ele se agachou e colocou o braço ao redor dele e ficaram escutando por um longo tempo. Acho que foram embora, ele sussurrou.

O quê?

Acho que eles foram embora. Provavelmente tinham alguém de vigia.

Podia ser uma armadilha, Papai.

Está bem. Vamos esperar um pouco.

Esperaram. Podiam ver a fumaça através da árvores. Um vento

tinha começado a açoitar o topo da espiral e a fumaça se deslocou e eles puderam sentir seu cheiro. Puderam sentir o cheiro de alguma coisa cozinhando. Vamos circundar, o homem disse.

Posso segurar sua mão?

Sim. Claro que pode.

A floresta era só troncos queimados. Não havia nada para ver. Acho que viram a gente, o homem disse. Acho que eles viram a gente e fugiram. Viram que tínhamos uma arma.

Eles deixaram a comida cozinhando.

É.

Vamos dar uma olhada.

Isso dá muito medo, Papai.

Não tem ninguém aqui. Está tudo bem.

Foram até a pequena clareira, o menino agarrado à sua mão. Tinham levado tudo consigo exceto aquela coisa preta que estava assando num espeto sobre os carvões. Ele estava ali em pé checando o perímetro quando o menino se virou e enterrou o rosto nele. Ele olhou rapidamente para ver o que tinha acontecido. O que foi? ele disse. O que foi? O menino balançava a cabeça. Oh Papai, ele disse. Ele se virou e olhou novamente. O que o menino tinha visto era um bebê humano carbonizado sem a cabeça e estripado e escurecendo no espeto. Ele se curvou e pegou o menino e se dirigiu à estrada com ele, abraçando-o com força. Sinto muito, ele disse. Sinto muito.

Não sabia se ele voltaria a falar algum dia. Acamparam num rio e ele se sentou junto à fogueira ouvindo a água correr na escuridão. Não era um lugar seguro porque o barulho do rio mascarava todos os outros mas ele achou que ia alegrar o menino. Comeram o resto das provisões e ele se sentou estudando o mapa. Mediu a estrada com um pedaço de corda e olhou para ela e mediu outra vez. Ainda muito longe da costa. Não sabia o que iam encontrar quando chegassem lá. Ele juntou as partes do mapa, colocou-as de volta no saco plástico e ficou observando os carvões.

* * *

No dia seguinte atravessaram o rio numa ponte de ferro e chegaram a uma velha cidade industrial. Entraram nas casas de madeira mas não encontraram nada. Um homem estava sentado numa porta usando um macacão e morto fazia anos. Parecia um homem de palha colocado ali para anunciar alguma festividade. Então seguiram ao longo do muro comprido e escuro do moinho, as janelas cobertas com tijolos. A fuligem fina e preta se precipitava na rua diante deles.

Coisas estranhas espalhadas pela beira da estrada. Dispositivos elétricos, móveis. Ferramentas. Coisas abandonadas muito tempo antes por peregrinos a caminho de suas várias e coletivas mortes. Um ano antes o menino às vezes podia pegar alguma coisa e levar consigo durante algum tempo mas já não fazia mais isso. Sentaram-se e descansaram e beberam o que restava de água limpa e deixaram a jarra de plástico na estrada. O menino disse: Se tivéssemos aquele bebezinho ele poderia vir conosco.

Sim. Poderia.

Onde eles o encontraram?

Ele não respondeu.

Será que tem outro em algum lugar?

Não sei. É possível.

Sinto muito sobre o que eu disse a respeito daquelas pessoas.

Que pessoas?

Aquelas pessoas que se queimaram. Que ficaram presas na estrada e se queimaram.

Não sabia que você tinha dito alguma coisa de ruim.

Não foi ruim. Podemos ir agora?

Tudo bem. Você quer ir dentro do carrinho?

Está tudo bem.

Por que você não vai um pouco?

Não quero. Está tudo bem.

Água correndo devagar na região plana. Os lodaçais na beira da estrada imóveis e cinzentos. Os rios das planícies costeiras em serpentinas de chumbo atravessando a fazenda árida. Seguiram em frente. Adiante na estrada havia um declive e uma moita de bambu. Acho que há uma ponte ali. Provavelmente um riacho.

Podemos beber a água?

Não temos escolha.

Não vai deixar a gente doente.

Acho que não. Poderia estar seco.

Posso ir em frente?

Sim. Claro que pode.

O menino partiu pela estrada. Ele não o via correr fazia muito tempo. Cotovelos para fora, batendo os braços e em seus tênis grandes demais. Parou e ficou olhando, mordendo o lábio.

O riacho não passava de um pouco d'água brotando. Ele podia vê-lo se movendo levemente onde caía numa pedra de calçamento de concreto sob a estrada e cuspiu no riacho e observou-o para ver se ia se mover. Pegou um pano no carrinho e um jarro de plástico e voltou e envolveu a boca do jarro com o pano e afundou-o na água e observou-o se encher. Ergueu-o gotejando e segurou-o sob a luz. Não parecia tão ruim. Tirou o pano e entregou o jarro ao menino. Vá em frente, ele disse.

O menino bebeu e entregou-o de volta.

Beba mais um pouco.

Bebe um pouco você, Papai.

Está bem.

Eles ficaram sentados filtrando as cinzas da água e bebendo até não poderem mais. O menino deitou de costas na grama.

Temos que ir.

Estou muito cansado.

Eu sei.

Ele ficou sentado observando-o. Fazia dois dias que não comiam. Mais dois e começariam a ficar fracos. Subiu a encosta através do bambual para checar a estrada. Escura e negra e sem rastros onde atravessava o campo aberto. Os ventos tinham varrido as cinzas e o pó da superfície. Terras ricas outrora. Nenhum sinal de vida em parte alguma. Não era uma região que ele conhecesse. Os nomes das cidades ou dos rios. Venha, ele disse. Temos que ir.

Dormiam mais e mais. Mais de uma vez acordaram estendidos na estrada como vítimas do tráfego. O sono da morte. Ele se sentou tateando em busca do revólver. No entardecer de chumbo, ficou parado em pé apoiando os cotovelos na trave para empurrar o carrinho e olhando através dos campos para uma casa a talvez um quilômetro e meio de distância. Tinha sido o menino quem a enxergara. Teriam que fazer algum esforço para chegar lá. Pegar os cobertores. Esconder o carrinho em algum lugar ao longo da estrada. Podiam alcançá-la antes de escurecer, mas não conseguiriam voltar.

Temos que ir dar uma olhada. Não temos escolha.

Eu não quero.

Faz dias que não comemos.

Não estou com fome.

Não, você está faminto.

Não quero ir até lá Papai.

Não tem ninguém lá. Eu prometo.

Como você sabe?

Eu simplesmente sei.

Eles poderiam estar lá.

Não estão não. Vai ficar tudo bem.

Partiram através dos campos embrulhados nos cobertores, levando apenas o revólver e uma garrafa d'água. O campo havia passado por uma última colheita e havia os ramos nus fincados no chão e o traço tênue do disco ainda estava visível de leste a oeste. Tinha chovido recentemente e a terra estava macia sob os pés e ele mantinha os olhos fixos no chão e antes que se passasse muito tempo ele parou e pegou uma ponta de flecha. Cuspiu nela e limpou a sujeira na costura de suas calças e deu-a ao menino. Era quartzo branco, perfeito como no dia em que tinha sido feito. Há mais, ele disse. Fique olhando o chão, você vai ver. Ele encontrou mais duas. Pederneira cinza. Depois encontrou uma moeda. Ou um botão. Uma grossa camada de verdete. Ele a raspou com a unha do polegar. Era uma moeda. Tirou sua faca e a desbastou com cuidado. A inscrição era em espanhol. Começou a chamar o menino até onde ele tinha ido e então olhou ao redor para a paisagem cinzenta e o céu cinzento e largou a moeda e se apressou para alcançá-lo.

Ficaram em frente à casa olhando para ela. Havia uma entrada de cascalho que fazia uma curva para o sul. Uma arcada aberta de tijolos. Escadaria dupla que levava à varanda com colunas. Nos fundos da casa uma dependência de tijolos que poderia outrora ter sido uma cozinha. Depois dela um casebre de madeira. Ele começou a subir a escada mas o menino puxou sua manga.

Podemos esperar um pouco?

Está bem. Mas está ficando escuro.

Eu sei.

Está bem.

Eles se sentaram na escada e olharam para a região ao redor.

Não tem ninguém aqui, o homem disse.

Está bem.

Você ainda está com medo?

Estou.

Está tudo bem conosco.

Está bem.

Subiram a escada até a ampla varanda com piso de tijolos. A porta estava pintada de preto e tinha sido arrombada com um bloco de concreto. Folhas secas e mato soprados através dela. O menino se agarrou à sua mão. Por que a porta está aberta, Papai?

Porque sim. Provavelmente está aberta há anos. Talvez as últimas pessoas tenham deixado ela aberta para levar suas coisas para fora.

Talvez a gente devesse esperar até amanhã.

Venha. Vamos dar uma olhada rápida. Antes que fique escuro demais. Se nós tivermos certeza de que é seguro, talvez possamos acender uma fogueira.

Mas não vamos ficar na casa vamos?

Não temos que ficar na casa.

Está bem.

Vamos beber um pouco d'água.

Está bem.

Ele pegou a garrafa do bolso lateral de sua parca, desatarraxou a tampa e observou o menino beber. Então ele próprio bebeu um gole e entraram no vestíbulo escurecido. Teto alto. Um candelabro importado. No pé da escada havia uma alta janela em arco e sua sombra mais suave projetando-se na parede junto à escada com a última luz do dia.

Não temos que ir lá para cima, temos? o menino sussurrou.

Não. Talvez amanhã.

Depois que a gente garantir que a área é segura.

Sim.

Está bem.

Entraram na sala de estar. O vulto de um carpete por baixo das cinzas que se depositaram. Mobília coberta com lençóis. Quadrados pálidos nas paredes onde antes quadros tinham estado. No salão do outro lado do vestíbulo havia um piano de cauda. Os vultos deles seccionados no vidro fino e molhado da janela que havia ali. Eles entraram e ficaram escutando. Vagaram pelos quartos como compradores céticos. Ficaram parados olhando pelas janelas altas para a terra que escurecia lá fora.

Na cozinha havia instrumentos cortantes e panelas e porcelana inglesa. A copa de um mordomo onde a porta se fechava suavemente atrás deles. Chão de azulejos e filas de prateleiras e nas prateleiras dezenas de jarros de um litro. Atravessou o cômodo e pegou um deles e soprou a poeira de cima. Feijões verdes. Fatias de pimentão vermelho em meio às fileiras organizadas. Tomates. Milho. Batatas para conserva. Quiabo. O menino o observava. O homem limpou a poeira das tampas dos jarros e empurrou-as com o polegar. Escurecia rapidamente. Ele levou dois jarros até a janela e as levantou e virou. Olhou para o menino. Isto pode ser veneno, ele disse. Teremos que cozinhar tudo muito bem. Está certo?

Não sei.

O que você quer fazer?

Você tem que dizer.

Nós dois temos que dizer.

Você acha que eles estão bons?

Acho que se a gente cozinhar muito bem eles ficarão bons.

Está bem. Por que você acha que ninguém comeu isso?

Acho que ninguém encontrou. Não dá para ver a casa da estrada.

A gente viu.

Você viu.

O menino estudou os jarros.

O que você acha? o homem disse.

Acho que a gente não tem escolha.

Acho que você está certo. Vamos pegar um pouco de madeira antes que escureça mais ainda.

Carregaram braçadas de ramos mortos pelos degraus dos fundos através da cozinha e para a sala de jantar e os quebraram no sentido do comprimento e encheram a lareira. Ele acendeu o fogo e a fumaça subiu em espirais pelo lintel de madeira pintada até o teto e desceu em espirais outra vez. Ele abanou o lume com uma revista e logo a chaminé começou a puxar e o fogo rugiu no salão iluminando as paredes e o teto e o candelabro de vidro e suas miríades de facetas. As chamas iluminaram o vidro cada vez mais escuro da janela onde o menino estava de pé numa silhueta encapuzada como um ser sobrenatural que tivesse entrado durante a noite. Ele parecia atordoado com o calor. O homem tirou os lençóis de cima da comprida mesa império no centro da sala e sacudiu-os e fez uma cama com eles em frente à lareira. Sentou o menino ali e tirou seus sapatos e tirou os trapos sujos com os quais seus pés estavam envolvidos. Está tudo bem, ele sussurrou. Está tudo bem.

Encontrou velas numa gaveta da cozinha e acendeu duas delas e depois derreteu a cera sobre o balcão e fixou-as na cera. Saiu e trouxe mais madeira e empilhou-a junto à lareira. O menino não tinha se mexido. Havia caldeirões e panelas na cozinha e ele limpou uma e colocou-a sobre o balcão e depois tentou abrir um dos jarros mas não conseguiu. Levou um jarro de feijões verdes e um de batatas para a porta da frente e sob a luz de uma vela em cima de um copo ele se ajoelhou e colocou o primeiro jarro de lado no espaço entre a porta e o umbral e puxou a porta sobre ele. Então se agachou no chão do vestíbulo e enganchou o pé na beirada de fora da porta e puxou a porta de encontro à tampa e girou o jarro em suas mãos. A tampa serrilhada se virou na madeira raspando a pintura. Ele tentou segurar melhor o vidro e puxou a porta até estreitá-la mais e tentou de novo. A tampa deslizou na madeira, depois prendeu. Ele virou o jarro devagar nas mãos, depois tirou-o do umbral e tirou o anel da tampa e colocou-o no chão. Então abriu o segundo jarro e levou-os de volta à cozinha, segurando o copo na outra mão com a vela rolando lá dentro e crepitando. Tentou empurrar com o polegar as tampas para tirá-las mas estavam apertadas demais. Ele achou que era um bom sinal. Colocou a beira da tampa no balcão e golpeou o alto do jarro com o punho e a tampa saiu com um estalo e caiu no chão e ele levantou o jarro e cheirou-o. O cheiro era delicioso. Ele despejou as batatas e os feijões numa panela e levou a panela até a sala de jantar e colocou-a no fogo.

Eles comeram devagar em tigelas de porcelana, sentados em lados opostos da mesa com uma única vela acesa entre eles. O revólver à mão como um outro apetrecho do jantar. A casa estalava e gemia ao calor. Como alguma coisa sendo despertada de uma longa hibernação. O menino cochilou sobre a tigela e sua colher caiu no chão. O homem se levantou e deu a volta e o carregou até a lareira e o colocou nos lençóis e o cobriu com os cobertores. Devia ter ido de volta para a mesa porque acordou no meio da noite deitado ali com o rosto sobre os braços cruzados. Estava frio na sala e lá fora o vento soprava. As janelas chacoalhavam de leve na moldura. A vela tinha apagado e o fogo estava reduzido a carvões. Ele se levantou e reacendeu a lareira e se sentou ao lado do menino e puxou os cobertores por cima dele e puxou com a mão seu cabelo imundo para trás. Acho que talvez eles estejam observando, falou. Observando em busca de uma coisa que nem a morte pode desfazer e se eles não a virem vão virar as costas para nós e não vão voltar.

O menino não queria que ele fosse ao andar de cima. Tentou raciocinar com ele. Podia haver cobertores lá em cima, falou. Precisamos dar uma olhada.

Não quero que você vá lá em cima.

Não tem ninguém aqui.

Poderia ter.

Não tem ninguém aqui. Você não acha que a esta altura eles teriam descido?

Talvez eles estejam com medo.

Vou dizer a eles que a gente não vai machucá-los.

Talvez eles estejam mortos.

Então não vão se incomodar se a gente levar algumas coisas. Olhe, o que quer que haja lá em cima é melhor a gente saber do que se trata do que não saber.

Por quê?

Por quê? Bem, porque nós não gostamos de surpresas. Surpresas dão medo. E nós não gostamos de ficar com medo. E poderia haver coisas lá em cima de que precisamos. Temos que dar uma olhada.

Está bem.

Está bem? Só isso?

Bem. Você não vai me ouvir.

Eu tenho te ouvido.

Não com muita atenção.

Não tem ninguém aqui. Faz anos que não tem ninguém aqui.

Não há rastros nas cinzas. Nada está mexido. Nenhuma mobília queimada na lareira. Tem comida aqui.

Os rastros não ficam nas cinzas. Você mesmo disse. O vento sopra para longe.

Eu vou subir.

Ficaram na casa durante quatro dias comendo e dormindo. Ele tinha encontrado mais quatro cobertores no andar de cima e trouxeram pilhas grandes de madeira e as colocaram no canto da sala para secar. Ele encontrou uma antiga serra de lenha e arame que usou para serrar os ramos mortos. Os dentes estavam enferrujados e cegos e ele se sentou em frente do fogo com uma lima e tentou afiá-los mas não adiantou muito. Havia um riacho a uns cem metros da casa e ele transportou incontáveis baldes d'água pelos campos espetados e pela lama e esquentaram água e se lavaram numa banheira junto ao quarto dos fundos no andar de baixo e ele cortou os cabelos dos dois e fez a barba. Tinham roupas e cobertores e travesseiros dos quartos do andar de cima e colocaram as novas vestimentas, as calças do menino cortadas no comprimento com sua faca. Ele improvisou uma cama em frente à lareira, emborcando uma cômoda para usá-la como cabeceira para a cama e manter o calor. Durante todo o tempo continuou a chover. Ele pôs baldes debaixo das calhas nos cantos da casa para recolher água limpa do velho telhado de zinco e à noite podia ouvir a chuva martelando nos quartos de cima e gotejando pela casa.

Fizeram uma busca minuciosa pelos anexos procurando qualquer coisa que fosse útil. Encontrou um carrinho de mão e o apanhou e virou de cabeça para baixo e girou a roda devagar, examinando o pneu. A borracha estava vitrificada e rachada mas achou que talvez retivesse o ar e ele olhou em meio a caixas velhas e uma confusão de ferramentas e encontrou uma bomba de bicicleta e atarraxou a ponta da mangueira na haste de válvula do pneu e começou a bombear. Desatarraxou a mangueira e virou o carrinho do lado certo e deslizou-o sobre o chão para um lado e para o outro. Depois o levou para fora para que a chuva o lavasse. Quando saíram dois dias depois o tempo havia limpado e partiram empurrando o carrinho com seus novos cobertores e os jarros de comida em conserva envolvidos nas roupas extras. Ele tinha encontrado um par de sapatos de operário e o menino estava usando tênis azuis com trapos enfiados nos dedos e usavam lençóis limpos como máscaras no rosto. Quando chegaram ao asfalto tiveram que voltar pela estrada para pegar o carrinho mas ele estava a pouco mais de um quilômetro. O menino caminhava ao lado com uma das mãos no carrinho de mão. A gente agiu bem, não agiu Papai? ele disse. Agiu sim.

Comeram bem mas ainda estavam a uma boa distância da costa. Ele sabia que estava alimentando esperanças sem nenhum motivo. Esperava que tudo fosse ficar mais claro, mas sabia que o mundo se tornava mais escuro a cada dia. Uma vez tinha encontrado um fotômetro numa loja de equipamento fotográfico que pensou poder usar para tirar médias de luminosidade durante alguns meses e levou-o consigo durante um bom tempo achando que pudesse encontrar baterias para ele mas nunca encontrou. À noite, quando acordava tossindo, se sentava com a mão comprimindo a cabeça contra a escuridão. Como um homem acordando num túmulo. Como aqueles mortos desenterrados da sua infância que tinham sido transferidos para dar lugar a uma estrada. Muitos tinham morrido numa epidemia de cólera e tinham sido enterrados às pressas em caixas de madeira e as caixas estavam apodrecendo e se desmanchando até abrir. Os mortos vieram à luz deitados de lado com as pernas para cima e alguns deitados de barriga. As moedas antigas de um verde fosco caíam das órbitas de seus olhos sobre o fundo manchado e apodrecido dos caixões.

Estavam parados num armazém numa cidadezinha onde uma cabeça de cervo empalhada pendia da parede. O menino ficou olhando para ela durante um bom tempo. Havia vidro quebrado no chão e o homem fez com que ele esperasse na porta enquanto tateava com os pés em meio ao lixo com seus sapatos de operário mas não encontrou nada. Havia duas bombas de gasolina lá fora e eles se sentaram no anteparo de concreto e abaixaram uma pequena lata de metal presa por uma corda até o tanque subterrâneo e a ergueram e despejaram a gasolina que havia nela num jarro de plástico e baixaram-na de novo. Tinham amarrado um pequeno pedaço de cano à lata para afundá-la e se agachavam junto ao tanque como macacos pescando com varas num formigueiro durante quase uma hora inteira até o jarro estar cheio. Então atarraxaram a tampa e colocaram o jarro na parte de baixo do carrinho e seguiram em frente.

Dias longos. Terreno aberto com as cinzas soprando sobre a estrada. O menino se sentava junto à fogueira à noite com os pedaços do mapa sobre os joelhos. Sabia os nomes das cidades e dos rios de cor e avaliava diariamente o progresso deles.

Comiam mais moderadamente. Já não lhes restava mais quase nada. O menino estava de pé na estrada segurando o mapa. Escutavam atentamente mas não ouviam nada. Ainda assim ele podia ver a região aberta a leste e o ar estava diferente. Chegaram até ali depois de uma curva na estrada e pararam e ficaram ali com o vento salgado soprando em seu cabelo onde tinham abaixado os capuzes dos casacos para escutar. Lá adiante estava a praia cinzenta com as ondas vagarosas rolando surdas e pesadas e seu som distante. Como a desolação de algum mar estrangeiro quebrando na costa de um mundo inaudito. Nos baixios formados pela maré lá adiante estava um petroleiro meio adernado. Para além dele o oceano vasto e frio e se movendo pesadamente como um tonel lentamente transbordante de escória e então a linha borrada e escura das cinzas. Ele olhou para o menino. Podia ver o desapontamento em seu rosto. Eu sinto muito que não seja azul, ele disse. Está tudo bem, o menino disse.

Uma hora depois estavam sentados na praia e olhando fixamente para a parede de nevoeiro e fumaça no horizonte. Estavam sentados com os calcanhares afundados na areia e observavam o mar deserto quebrar em seus pés. Frio. Desolado. Sem pássaros. Ele tinha deixado o carrinho em meio às samambaias para além das dunas e haviam levado cobertores consigo e se sentaram embrulhados neles no abrigo de uma grande tora de madeira trazida pelo mar. Ficaram sentados ali por um bom tempo. Ao longo da costa da enseada abaixo deles fileiras de ossinhos em meio aos destroços. Mais adiante as costelas embranquecidas pelo sal do que talvez tivesse sido gado. Geada de sal cinzento sobre as pedras. O vento soprava e sementes secas se precipitavam ao longo da areia e paravam e seguiam outra vez.

Você acha que poderia ter navios lá?
Acho que não.
Eles não conseguiriam enxergar muito longe.
Não. Não conseguiriam.
O que tem do outro lado?
Nada.
Deve ter alguma coisa.
Talvez tenha um pai e seu filho e eles estejam sentados na praia.
Isso seria bom.
Sim. Isso seria bom.
E eles levariam fogo também?
É possível. Sim.
Mas nós não sabemos.
Nós não sabemos.
Então temos que estar vigilantes.
Temos que estar vigilantes. Sim.
Por quanto tempo podemos ficar aqui?
Não sei. Não temos muita coisa para comer.
Eu sei.
Você gosta.
Gosto.
Eu também.
Posso ir nadar?
Nadar?

É.

Você vai congelar o rabo.

Eu sei.

Vai estar frio de verdade. Mais do que você pensa.

Tudo bem.

Não quero ter que entrar para te trazer.

Você acha que eu não devia ir.

Você pode ir.

Mas você acha que eu não devia.

Não. Acho que você devia.

Mesmo?

Sim. Mesmo.

Está bem.

Ele se levantou e deixou o cobertor cair na areia e depois tirou o casaco, os sapatos e as roupas. Ficou nu, de pé, agarrando o próprio corpo e dançando. Então foi correndo até a praia. Tão pálido. Espinha saliente. As omoplatas afiadas serrando a pele clara. Correndo nu e pulando e gritando no rolo vagaroso da arrebentação.

Quando saiu estava azul de frio e batia os dentes. Ele caminhou até encontrá-lo e o envolveu tremendo no cobertor e o abraçou até ele parar de arquejar. Mas quando olhou o menino estava chorando. O que foi? ele disse. Nada. Não, me diga. Nada. Não foi nada.

Quando escureceu fizeram uma fogueira junto à tora de madeira e comeram pratos de quiabo e feijão e o resto das batatas enlatadas. As frutas já tinham acabado fazia muito. Beberam chá e ficaram sentados junto à fogueira e dormiram na areia e ficaram escutando a arrebentação na enseada. Seu longo estremecimento e queda. Ele se levantou à noite e caminhou e ficou parado na praia envolvido pelos cobertores. Escuro demais para ver. Gosto de sal nos lábios. Esperando. Esperando. Depois o estrondo vagaroso caindo na direção da costa. Seu assobio fervilhante lavando a praia e correndo de volta. Ele pensou que ainda poderia haver navios da morte lá longe, vagando a esmo com seus indolentes trapos de velas. Ou vida nas profundezas. Grandes polvos propelindo-se sobre o solo marinho na escuridão fria. Movendo-se como trens, os olhos do tamanho de pires. E talvez para além daquelas ondas encobertas um outro homem caminhasse mesmo com uma outra criança na areia cinzenta e morta. Dormindo afastados apenas por um mar em outra praia em meio às cinzas amargas do mundo ou estivessem de pé com seus trapos perdidos para o mesmo sol indiferente.

Ele se lembrava de ter acordado uma vez numa noite semelhante e ouvido o ruído de caranguejos na panela onde havia deixado ossos de carne da noite anterior. Carvões quase extintos da fogueira feita com pedaços de madeira pulsando sob o vento costeiro. Deitado sob uma miríade semelhante de estrelas. O horizonte negro do mar. Ele se levantou, caminhou, parou descalço na areia e ficou observando a espuma pálida aparecer ao longo de toda a costa e rolar e arrebentar e ficar escura outra vez. Quando voltou para junto da fogueira, se ajoelhou e alisou o cabelo dela enquanto ela dormia e disse que se fosse Deus teria feito o mundo exatamente daquele jeito sem nenhuma diferença.

Quando voltou o menino estava acordado e sentia medo. Estivera chamando mas não alto o suficiente para que ele pudesse ouvi-lo. O homem colocou os braços ao seu redor. Não consegui te ouvir, ele disse. Não consegui te ouvir por causa das ondas. Pôs madeira no fogo e o abanou até reavivá-lo e ficaram deitados em seus cobertores observando as chamas serpenteando no vento e depois dormiram.

Pela manhã ele reacendeu a fogueira, comeram e ficaram observando a costa. Seu aspecto frio e chuvoso não muito diferente das paisagens marinhas no mundo ao norte. Não havia gaivotas ou pássaros costeiros. Artefatos carbonizados e inúteis espalhados pela costa ou rolando na arrebentação. Eles juntaram madeira deixada pelo mar e a empilharam e cobriram com a lona e depois partiram pela praia. Somos vagabundos de praia, ele disse.

O que é isso?

Pessoas que andam pela praia procurando coisas de valor que podem ter sido levadas pelas ondas.

Que tipo de coisas?

Todo tipo de coisas. Tudo o que você possa usar.

Você acha que a gente vai encontrar alguma coisa?

Não sei. Vamos dar uma olhada.

Dar uma olhada, o menino disse.

Estavam parados no quebra-mar de pedra e olhavam para o sul. Uma cusparada cinzenta de sal estendendo-se e se enroscando no poço de rochas. A curva comprida da praia lá adiante. Cinzenta como areia vulcânica. O vento soprando da água cheirava levemente a iodo. Isso era tudo. Não havia cheiro de mar nele. Nas rochas os restantes de algum musgo marinho escuro. Atravessaram e seguiram em frente. No final da praia seu caminho estava barrado por um promontório e eles deixaram a praia e tomaram um caminho antigo através das dunas e através dos arbustos mortos até chegarem a um promontório baixo. Abaixo deles um pedaço de terra amortalhado no vento úmido escuro soprando encosta abaixo e para além dele meio inclinado e afundado o vulto do casco de um barco a vela. Eles se agacharam nos tufos secos de capim e ficaram observando. O que a gente faz? o menino disse.

Vamos só ficar olhando por um tempo.

Estou com frio.

Eu sei. Vamos um pouco mais para baixo. Sair do vento.

Ele ficou sentado abraçando o menino à sua frente. O capim se sacudia de leve. Lá fora uma desolação cinzenta. O arrastar-se infinito do mar. Por quanto tempo a gente vai ter que ficar aqui? o menino disse.

Não muito.

Você acha que tem gente no barco, Papai?

Não acho.

Eles estariam todos inclinados.

Estariam sim. Você consegue ver algum rastro por lá?

Não.

Vamos só esperar um pouco.

Estou com frio.

Foram caminhando pela curva crescente da praia, mantendo-se sobre a terra mais firme abaixo da faixa de destroços trazidos pela maré. Pararam, suas roupas se agitando suavemente. Pedaços de vidro flutuando cobertos com uma crosta cinzenta. Os ossos de pássaros marinhos. Na linha da arrebentação uma esteira tecida com algas e espinhas de peixe aos milhões se estendendo pela costa até onde os olhos podiam ver como uma sequência de ondulações da morte. Um vasto sepulcro de sal. Disparatado. Disparatado.

Do fim da língua de terra até o barco havia talvez trinta metros de mar aberto. Ficaram parados olhando para o barco. Cerca de sessenta pés de comprimento, sem nada no convés, emborcado em três ou quatro metros d'água. Tinha sido algum tipo de veleiro de mastro duplo mas os mastros estavam quebrados quase rente ao convés e as únicas coisas que restavam eram alguns cunhos de bronze e uns poucos postes do guarda-mancebo nas extremidades do convés. Isso e a roda de leme projetando-se do cockpit. Ele se virou e estudou a praia e as dunas para além dela. Depois entregou ao menino o revólver, se sentou na areia e começou a desamarrar os cadarços do sapato.

O que você vai fazer, Papai?

Dar uma olhada.

Posso ir com você?

Não. Você tem que ficar aqui.

Quero ir com você.

Você tem que ficar de vigia. E além disso a água é funda.

Eu vou poder te ver?

Sim. Vou ficar monitorando você. Para me certificar de que tudo está bem.

Quero ir com você.

Ele parou. Você não pode, falou. O vento vai levar nossas roupas para longe. Alguém tem que tomar conta das coisas.

Dobrou tudo e formou uma pilha. Deus, como estava frio. Ele se abaixou e beijou o menino na testa. Pare de se preocupar, disse. É só ficar atento. Avançou nu para dentro d'água e parou e se molhou. Então seguiu revolvendo a água e mergulhou de cabeça.

Nadou ao longo do casco de metal e fez a volta, abrindo caminho na água, arquejante de frio. A meia-nau os cabos do guarda-mancebo chegavam até a água. Ele se arrastou pelos cabos até a popa. O aço era cinzento e esbranquiçado de sal, mas ele podia divisar as letras douradas e gastas. Pájaro de Esperanza. Tenerife. Um par vazio de turcos para um bote. Ele se segurou na amurada e tomou impulso para subir no barco e se virou e se agachou tremendo no plano inclinado do convés de madeira. Uns poucos pedaços do estaiamento partidos nos esticadores. Rombos na madeira de onde as ferragens tinham sido arrancadas. Alguma força terrível capaz de varrer tudo do convés. Acenou para o menino mas ele não acenou de volta.

A cabine era baixa com um teto abobadado e vigias na lateral. Ele se agachou e limpou o sal cinzento e olhou lá dentro mas não conseguiu enxergar nada. Tentou a porta baixa de teca mas estava trancada. Deu-lhe um empurrão com seu ombro ossudo. Olhou ao redor em busca de alguma coisa com que pudesse forçá-la. Tremia de modo incontrolável e seus dentes batiam. Pensou em chutar a porta com a planta do pé mas achou que não era uma boa ideia. Segurou o cotovelo com a mão e bateu com força na porta outra vez. Sentiu-a ceder. Muito de leve. Continuou tentando. O umbral estava rachando por dentro e por fim cedeu e ele a abriu com um empurrão e desceu a escada de tombadilho até a cabine.

Água estagnada ao longo do anteparo inferior cheia de papéis molhados e lixo. Um cheiro azedo em toda parte. Úmido e desagradável. Ele achou que o barco tinha sido saqueado mas era o mar que tinha feito aquilo. Havia uma mesa de mogno no meio do salão com anteparos presos com dobradiças. As portas do paiol pendendo abertas no cômodo e todos os detalhes de metal de um verde baço. Vasculhou as cabines de proa. Passou pela cozinha. Farinha e café no chão e comida enlatada meio esmagada e enferrujando. Um banheiro com um vaso sanitário e uma pia de aço inoxidável. A luz fraca do mar entrava pelas vigias clerestório. Equipamento espalhado por toda parte. Um colete salva-vidas flutuando na água.

Ele meio que esperava algum horror mas não havia nenhum. Os colchões nas cabines tinham sido arremessados no chão e a roupa de cama estava empilhada junto à parede. Tudo molhado. Havia uma porta aberta dando para o paiol na proa mas estava escuro demais para ver lá dentro. Ele enfiou a cabeça, entrou e tateou ao redor. Latões compridos com tampas de madeira e dobradiças. Equipamentos de navegação empilhados no chão. Ele começou a arrastar tudo para fora e empilhar na cama inclinada. Cobertores, roupas para mau tempo. Descobriu um suéter úmido e o enfiou pela cabeça. Encontrou um par de botas impermeáveis amarelas de borracha e um casaco de náilon e vestiu-o fechando o zíper e colocou as calças rígidas e amarelas das roupas náuticas e passou os suspensórios por cima dos ombros e calçou as botas. Depois voltou ao convés. O menino estava sentado conforme ele o deixara, observando o navio. Ele se levantou alarmado e o homem se deu conta de que em suas novas roupas ele era um vulto incerto. Sou eu, gritou, mas o menino simplesmente ficou parado ali e ele acenou e voltou a descer.

No segundo camarote particular havia gavetas sob o beliche que ainda estavam no lugar e ele as levantou para liberá-las e as puxou. Manuais e papéis em espanhol. Barras de sabão. Uma valise preta de couro coberta de mofo com papéis dentro. Colocou o sabão no bolso do casaco e se pôs de pé. Havia livros em espanhol espalhados sobre o beliche, inchados e disformes. Um único volume enfiado na prateleira contra o anteparo dianteiro.

Encontrou uma bolsa de lona emborrachada e vagueou pelo resto do navio usando as botas, apoiando-se nos anteparos por causa da inclinação, as calças amarelas impermeáveis fazendo ruído no frio. Encheu a bolsa com roupas avulsas. Um par de tênis femininos que achou que fossem caber no menino. Um canivete com cabo de madeira. Um par de óculos de sol. Ainda assim havia algo de perverso em sua busca. Era como vasculhar exaustivamente primeiro os lugares menos prováveis ao procurar algo que havia sido perdido. Por fim entrou na cozinha. Ligou o fogão e desligou-o de novo.

Levantou o trinco da escotilha que dava para o compartimento do motor e abriu-a. Parcialmente alagado e escuro como breu. Não havia cheiro de gasolina ou óleo. Fechou-o outra vez. Havia paióis construídos sob os bancos da cabine que abrigavam almofadas, lonas de vela, redes de pescar. Num paiol atrás do pedestal do leme ele encontrou rolos de cabos de náilon e garrafas de aço com gasolina e uma caixa de fibra de vidro para ferramentas. Sentou-se no chão da cabine e examinou as ferramentas. Enferrujadas mas aproveitáveis. Alicates, chaves de fenda, chaves inglesas. Fechou a lingueta da caixa de ferramentas e procurou pelo menino. Ele estava encolhido na areia adormecido com a cabeça sobre a pilha de roupas.

Levou a caixa de ferramentas e uma das garrafas de gasolina para a cozinha e foi para a proa fazer uma última revista nas cabines. Então se pôs a verificar os paióis na sala, vasculhando pastas e papéis em caixas de plástico, tentando encontrar o diário de bordo do barco. Encontrou um jogo de porcelana embalada e sem uso num caixote de madeira cheio de peças requintadas. A maioria quebrada. Serviço para oito, levando o nome do barco. Um presente, ele pensou. Ergueu uma xícara de chá e virou-a na palma da mão e a colocou de volta. A última coisa que encontrou foi uma caixa quadrada de carvalho com quinas entalhadas e uma placa de bronze sobre a tampa. Pensou que podia ser um humidor mas tinha o formato errado e, ao apanhá-la e avaliar seu peso, soube o que era. Deslocou os trincos já meio corroídos e abriu-a. Lá dentro havia um sextante de bronze, talvez com cem anos de idade. Ergueu-o do estojo e o segurou na mão. Encantado com sua beleza. O bronze estava fosco e havia manchas esverdeadas que assumiam a forma de uma outra mão que outrora o segurara, mas fora isso estava perfeito. Limpou a superfície esverdeada da lâmina na base. Hezzaninth, Londres. Segurou-o junto aos olhos e girou a rosca. Era a primeira coisa que ele via depois de um bom tempo capaz de emocioná-lo. Segurou-o na mão e em seguida o colocou de volta na baeta azul do estojo e fechou a tampa e os trincos e colocou-a de volta no paiol e fechou a porta.

Quando voltou ao convés para procurar o menino o menino não estava lá. Um momento de pânico antes de vê-lo caminhando pelo banco de areia com o revólver pendendo da mão, a cabeça baixa. De pé, ali, ele sentiu o casco do navio se levantar e deslizar. De leve. A maré subindo. Batendo contra as pedras do quebra-mar lá adiante. Ele se virou e voltou para a cabine.

Ele tinha levado dois rolos de cabo do paiol e mediu seu diâmetro com a palma da mão somando três e depois contou o número de voltas de cada rolo. Quinze metros de corda. Pendurou-as num cunho no convés de teca cinzenta e voltou para a cabine lá embaixo. Recolheu tudo e empilhou junto à mesa. Havia alguns jarros de plástico para água no paiol que ficava junto à cozinha mas estavam todos vazios exceto um. Ele pegou um dos vazios e viu que o plástico tinha rachado e que a água vazara e adivinhou que eles tinham congelado em algum lugar nas viagens sem rumo do barco. Provavelmente várias vezes. Pegou o jarro cheio até a metade, colocou-o na mesa e desatarraxou a tampa, cheirou a água e depois levantou o jarro com as duas mãos e bebeu. Depois bebeu de novo.

As latas na cozinha não pareciam de modo algum aproveitáveis e mesmo no paiol havia algumas que estavam muito enferrujadas e algumas que tinham um aspecto ameaçadoramente inchado. Todas haviam tido seus rótulos removidos e o conteúdo estava escrito no metal com marcador preto em espanhol. Nem tudo ele entendia. Examinou-as, sacudindo-as, espremendo-as com a mão. Empilhou-as no balcão acima da pequena geladeira da cozinha. Pensou que devia haver caixotes de alimentos guardados em algum lugar no porão mas não achava que qualquer um deles fosse comestível. Em todo caso havia um limite para o que podiam levar no carrinho. Ocorreu-lhe que encarava essa sorte inesperada de um modo perigosamente confiante mas mesmo assim disse o que havia dito antes. Que a sorte pode não ser bem isso. Havia algumas noites em que, deitado na escuridão, ele não invejava os mortos.

Encontrou uma lata de azeite de oliva e algumas latas de leite. Chá numa caixinha de metal enferrujada. Um recipiente de plástico em que havia algum tipo de refeição que ele não reconhecia. Uma lata de café cheia até a metade. Percorreu metodicamente as prateleiras no paiol, separando o que devia levar do que devia deixar. Quando já tinha levado tudo para a sala e empilhado junto à escada de tombadilho, voltou à cozinha e abriu a caixa de ferramentas e se pôs a remover um dos queimadores do pequeno fogão montado para resistir às oscilações do mar. Desconectou a mangueira trançada e removeu os prendedores de alumínio dos queimadores e colocou um deles no bolso do casaco. Afrouxou os acessórios de metal com um puxão e soltou os queimadores. Depois desconectou-os e prendeu a mangueira ao cano e ajustou a outra ponta da mangueira à garrafa de gasolina e levou-a para a sala. Por último fez uma trouxa com uma lona de plástico onde colocou algumas latas de suco e latas de frutas e vegetais e a amarrou com uma corda e depois tirou as roupas e empilhou-as em meio às coisas que tinha recolhido e foi até o convés nu e escorregou até a amurada com a lona e se lançou pela lateral e caiu no mar cinzento e gelado.

Chegou à areia junto com a última luz do dia e lançou a lona no chão e retirou com as palmas das mãos a água dos braços e do peito e foi pegar as roupas. O menino o seguiu. Ficou lhe perguntando sobre seu ombro, azul e descolorido no lugar onde ele o havia batido contra a escotilha. Está tudo bem, o homem disse. Não está doendo. Temos um monte de coisa. Espere até ver.

Seguiram às pressas pela praia sob o que restava da luz. E se o barco afundar? o menino disse.

Não vai afundar.

Poderia.

Não vai não. Venha. Você está com fome?

Estou.

Vamos comer bem esta noite. Mas precisamos nos apressar.

Eu estou correndo, Papai.

E pode ser que chova.

Como você pode saber?

Estou sentindo o cheiro.

Qual é o cheiro que tem?

Cinzas molhadas. Vamos.

Então ele parou. Onde está o revólver? ele disse.

O menino congelou. Parecia aterrorizado.

Cristo, o homem disse. Olhou para a praia atrás deles. O barco já estava fora de vista. Ele olhou para o menino. O menino colocou as mãos no alto da cabeça e estava prestes a chorar. Me desculpa, ele disse. Me desculpa.

Ele colocou no chão a lona com a comida enlatada. Temos que voltar.

Me desculpe, Papai.

Está tudo bem. Ela ainda vai estar lá.

O menino ficou parado com os ombros baixos. Estava começando a soluçar. O homem se ajoelhou e passou os braços ao redor dele. Está tudo bem, ele disse. Sou eu quem deveria se certificar de que estamos com o revólver e não fiz isso. Esqueci.

Me desculpe, Papai.

Venha. Estamos bem. Está tudo bem.

O revólver estava ali onde ele o havia deixado na areia. O homem apanhou-o e sacudiu-o e se sentou e puxou o pino do tambor e o entregou ao menino.

Segure isto, ele disse.

Está tudo bem, Papai?

Claro que está tudo bem.

Ele fez o tambor rolar para dentro da sua mão, soprou a areia que havia ali e o entregou ao menino, soprou no cano e soprou a areia que havia na estrutura e depois pegou as partes que estavam com o menino, montou tudo de novo e empunhou o revólver e baixou o cão e empunhou-o de novo. Alinhou o tambor deixando o cartucho de verdade no lugar e abaixou o cão, colocou o revólver na parca e se pôs de pé. Estamos prontos, ele disse. Vamos.

A escuridão vai alcançar a gente?

Não sei.

Vai, não vai?

Venha. Vamos nos apressar.

A escuridão os alcançou. Quando chegaram ao caminho do promontório estava escuro demais para ver o que quer que fosse. Ficaram parados sob o vento que vinha do mar com o mato assobiando em toda parte ao redor deles, o menino segurando sua mão. Só temos que continuar seguindo em frente, o homem disse. Vamos.

Não consigo enxergar.

Eu sei. É só a gente dar um passo de cada vez.

Está bem.

Não solte.

Está bem.

Não importa o que aconteça.

Não importa o que aconteça.

Seguiram na mais completa escuridão, enxergando tanto quanto os cegos. Ele mantinha uma das mãos estendidas à sua frente embora não houvesse nada naquela charneca salgada com o que pudessem colidir. A arrebentação parecia mais distante mas ele também se orientava pelo vento e depois de cambalear por quase uma hora emergiram do capim e das aveias-do-mar e se viram outra vez parados na areia seca da praia mais acima. O vento estava mais frio. Ele tinha trazido o menino para o seu lado a fim de protegê-lo do vento quando subitamente a praia diante deles apareceu estremecendo na escuridão e sumiu outra vez.

O que foi isso, Papai?

Está tudo bem. Foi um relâmpago. Venha.

Ele passou a lona com os mantimentos por cima do ombro, pegou a mão do menino e seguiram em frente, caminhando pesadamente na areia como cavalos numa parada para evitar pisar em algum pedaço de madeira trazida pelo mar ou destroços de navio. A luz cinza e esquisita irrompeu sobre a praia novamente. Longe dali um ribombo surdo de trovão soou abafado na escuridão. Acho que vi as nossas pegadas, ele disse.

Então estamos indo na direção certa.

Sim. Na direção certa.

Estou com muito frio, Papai.

Eu sei. Reze por um relâmpago.

Seguiram em frente. Quando a luz irrompeu sobre a praia outra vez ele viu que o menino estava curvado e murmurava consigo mesmo. Procurava as pegadas deles subindo a praia mas não conseguia vê-las. O vento tinha recomeçado com mais força e ele aguardava os primeiros pingos de chuva. Se fossem apanhados na praia numa tempestade durante a noite teriam problemas. Viraram o rosto contra o vento, segurando os capuzes de suas parcas. A areia crepitando novamente sobre suas pernas e voando para longe na escuridão e o estampido do trovão se ouvindo bem junto à costa. A chuva começou vindo do mar forte e inclinada e golpeou seus rostos e ele puxou o menino de encontro a si.

Ficaram parados sob o aguaceiro. Quanto tinham avançado? Aguardou o relâmpago mas estava se afastando e quando o seguinte veio ele soube que a tempestade tinha apagado suas pegadas. Continuaram caminhando penosamente pela areia na margem superior da praia, esperando ver o vulto da tora de madeira junto à qual tinham acampado. Em pouco tempo os relâmpagos tinham praticamente cessado. Então numa mudança na direção do vento ele ouviu um tamborilar distante e fraco. Parou. Escute, ele disse.
O que é?
Escute.
Não estou ouvindo nada.
Vamos.
O que é, Papai?
É a lona. É a chuva caindo na lona.

Seguiram em frente, tropeçando pela areia e pelo lixo ao longo da linha da arrebentação. Chegaram à lona quase que imediatamente e ele se ajoelhou e deixou cair o fardo e tateou ao redor em busca das pedras com que prendera o plástico e empurrou-as para baixo dele. Levantou a lona e a puxou por cima deles e depois usou as pedras para manter as pontas abaixadas. Tirou o casaco molhado do menino e puxou os cobertores por cima deles, a chuva golpeando-os através do plástico. Ele tirou seu próprio casaco e abraçou o menino bem perto de si e logo tinham adormecido.

Durante a noite a chuva cessou e ele acordou e ficou deitado escutando. O aguaceiro pesado e o baque da arrebentação depois que o vento acabou. Na primeira luz opaca ele se levantou e caminhou pela praia. A tempestade tinha sujado a costa e ele caminhou pela linha da arrebentação procurando por qualquer coisa que pudesse ser útil. Nos bancos de areia para além do quebra-mar um cadáver antigo subindo e descendo em meio à madeira flutuante. Ele gostaria de poder escondê-lo do menino mas o menino tinha razão. O que havia para esconder? Quando voltou ele estava acordado sentado na areia observando-o. Estava embrulhado nos cobertores e tinha estendido os casacos deles sobre o mato para secar. Ele foi até lá e se sentou do lado dele e os dois ficaram parados observando o mar de chumbo subir e descer para além das ondas.

Passaram a maior parte da manhã esvaziando o barco. Ele deixou uma fogueira acesa e chapinhava na areia vindo do mar nu e tremendo e deixava cair o cabo de reboque e ficava parado no calor das chamas enquanto o menino trazia a sacola por entre as fofas ondulações do terreno e a arrastava até a praia. Esvaziaram a sacola e estenderam cobertores e roupas sobre a areia morna para secar diante do fogo. Havia mais coisas no barco do que podiam carregar e ele pensou que podiam ficar alguns dias na praia e comer o máximo que pudessem mas era perigoso. Dormiram aquela noite na areia com a fogueira mantendo o frio afastado e suas coisas espalhadas por toda parte ao redor deles. Ele acordou tossindo e se levantou e bebeu um pouco d'água e arrastou mais madeira para a fogueira, toras inteiras que projetaram uma grande cascata de centelhas. A madeira salgada queimava laranja e azul no coração da fogueira e ele ficou sentado observando durante um bom tempo. Mais tarde caminhou praia acima, sua sombra comprida se projetando na areia diante dele, oscilando com o vento na fogueira. Tossindo. Tossindo. Ele se curvou para a frente, segurando os joelhos. Gosto de sangue. As ondas vagarosas se arrastavam e fervilhavam no escuro e ele pensou em sua vida mas não havia nenhuma vida em que pensar e depois de um tempo caminhou de volta. Pegou uma lata de pêssegos da mochila, abriu-a e se sentou diante da fogueira e comeu os pêssegos devagar com sua colher enquanto o menino dormia. O fogo cintilava sob o vento e as centelhas se perdiam numa corrida pela areia. Colocou as latas vazias entre os pés. Cada dia é uma mentira, falou. Mas você está morrendo. Isso não é uma mentira.

Carregaram suas novas provisões empacotadas em lonas ou cobertores pela praia e colocaram tudo no carrinho. O menino tentou carregar coisa demais e quando pararam para descansar ele tinha pegado parte do fardo e colocado junto com o seu. O barco tinha se deslocado ligeiramente com a tempestade. Ele ficou parado olhando para lá. O menino o observava. Você vai voltar lá?

Acho que sim. Uma última olhada.

Estou com um pouco de medo.

Está tudo bem. É só ficar de olho.

A gente tem mais coisas do que consegue carregar agora.

Eu sei. Só quero dar uma olhada.

Tudo bem.

Ele percorreu o navio da proa à popa de novo. Pare. Pense. Sentou-se no chão da sala principal com os pés nas botas de borracha apoiados no pedestal da mesa. Já estava escurecendo. Tentou se lembrar do que sabia acerca de barcos. Levantou-se e foi outra vez para o convés. O menino estava sentado junto à fogueira. Ele desceu até o cockpit e se sentou no banco, as costas contra o anteparo, os pés no convés quase que no nível dos olhos. Não usava nada além do suéter e a roupa náutica por cima, mas esquentavam pouco e ele não conseguia parar de tremer. Estava prestes a se levantar de novo quando se deu conta de que estivera olhando para os ferrolhos do anteparo na outra extremidade da cabine. Havia quatro deles. Aço inoxidável. Em outra época os bancos ficavam cobertos de almofadas e ele ainda podia ver os cordões que as prendiam antes de terem sido arrancadas dali. No centro inferior do cockpit, logo acima do assento, havia uma tira de náilon se projetando, a ponta dobrada e costurada em cruz. Olhou outra vez para as trancas. Eram ferrolhos giratórios com asas para os polegares. Ele se levantou e se ajoelhou no banco e virou cada um deles totalmente para a esquerda. Estavam presos com molas e, quando ele soltou, pegou a tira no fundo da borda, puxou-a e a borda escorregou e se soltou. Ali embaixo do convés havia um espaço que continha duas velas enroladas e o que parecia ser um bote de borracha para duas pessoas enrolado e amarrado com cabos elásticos. Um par de pequenos remos de plástico. Uma caixa de sinalizadores. E atrás dela havia uma caixa de ferramentas variadas, a tampa selada com fita isolante preta. Ele puxou-a para abri-la e encontrou a ponta da fita isolante e arrancou-a de toda a volta e destravou as fivelas de cromo e abriu a caixa. Dentro havia uma lanterna amarela de plástico, uma luz estroboscópica alimentada por uma pilha, um estojo de primeiros socorros. Um transmissor de localização de plástico amarelo. E um estojo preto mais ou menos do tamanho de um livro. Ele ergueu-o, destravou os ferrolhos e o abriu. Dentro estava acomodada uma velha pistola sinalizadora de bronze de 37 milímetros. Ele tirou-a da caixa com as duas mãos, virou-a e olhou para ela. Abaixou a alavanca e abriu-a. A culatra estava vazia mas havia oito balas sinalizadoras acomodadas num recipiente de plástico, pequenas e atarracadas e com aspecto de novas. Ele acomodou o revólver outra vez na caixa e fechou a tampa e baixou a tranca.

Ele chapinhou até a praia tremendo e tossindo e se embrulhou num cobertor e se sentou na areia morna em frente à fogueira com as caixas ao seu lado. O menino se agachou e tentou passar os braços ao redor dele, o que pelo menos trouxe um sorriso. O que você encontrou, Papai? ele disse.

Encontrei um estojo de primeiros socorros. E encontrei uma pistola sinalizadora.

O que é isso?

Vou te mostrar. É usada para sinalizar.

Era isso o que você queria procurar?

Sim.

Como você sabia que estava lá?

Bem, eu esperava que estivesse lá. Foi principalmente sorte.

Ele abriu o estojo e virou-o para o menino ver.

É uma arma.

Uma arma sinalizadora. Atira uma coisa no ar e faz uma luz bem forte.

Posso ver?

Claro que pode.

O menino ergueu a arma do estojo e segurou-a. Você pode atirar em alguém com ela? ele disse.

Poderia.

E mataria a pessoa?

Não. Mas poderia colocar fogo nela.

Foi por isso que você pegou?

Sim.

Porque não tem ninguém pra quem sinalizar. Tem?

Não.

Eu gostaria de ver.

Quer dizer atirar?

É.

Podemos atirar.

De verdade?

Claro.

No escuro?

Sim. No escuro.

Podia ser tipo uma comemoração.

Tipo uma comemoração. Sim.

Podemos atirar hoje à noite?

Por que não?

Está carregada?

Não. Mas podemos carregar.

O menino ficou parado segurando a arma. Apontou-a na direção do mar. Uau, ele disse.

Ele se vestiu e saíram pela praia levando o resto da sua pilhagem. Para onde você acha que as pessoas foram, Papai?

As que estavam no barco?

É.

Não sei.

Você acha que elas morreram?

Não sei.

Mas as probabilidades não são favoráveis a elas.

O homem sorriu. As probabilidades não são favoráveis a elas?

Não. São?

Não. Provavelmente não.

Acho que elas morreram.

Talvez tenham morrido.

Acho que foi o que aconteceu com elas.

Poderiam estar vivas em algum lugar, o homem disse. É possível. O menino não respondeu. Seguiram em frente. Tinham envolvido os pés com pano de vela e os coberto com sapatilhas de plástico azul cortadas de uma lona e deixavam pegadas estranhas em suas idas e vindas. Ele pensou no menino e nas preocupações dele e depois de um tempo disse: Você provavelmente está certo. Acho provável que estejam mortos.

Porque se eles estivessem vivos estaríamos pegando as coisas deles.

E não estamos pegando as coisas deles.

Eu sei.

Quantas pessoas você acha que estão vivas?

No mundo?

No mundo. Sim.

Não sei. Vamos parar para descansar.

Está bem.

Você está me cansando.

Está bem.

Eles se sentaram em meio às suas trouxas.

Quanto tempo a gente pode ficar aqui, Papai?

Você já me perguntou isso.

Eu sei.

Vamos ver.

Isso quer dizer não muito tempo.

Provavelmente.

O menino abria buracos na areia com os dedos até ter um círculo deles. O homem o observava. Não sei quantas pessoas há, ele disse. Não acho que haja muitas.

Eu sei. Ele puxou o cobertor por cima dos ombros e olhou para a praia cinzenta e árida.

O que foi? o homem disse.

Nada.

Não. Me diga.

Podia haver gente viva em algum outro lugar.

Que outro lugar.

Não sei. Qualquer lugar.

Você quer dizer além da terra?

É.

Acho que não. Eles não poderiam viver noutro lugar.

Nem mesmo se pudessem chegar lá?

Não.

O menino desviou os olhos.

O quê? o homem disse.

Ele balançou a cabeça. Não sei o que a gente está fazendo, ele disse.

O homem começou a responder. Mas não respondeu. Depois de um tempo disse: Há pessoas. Há pessoas e nós vamos encontrá-las. Você vai ver.

Preparou o jantar enquanto o menino brincava na areia. Tinha uma espátula feita com uma lata de comida achatada e com ela construiu uma cidadezinha. Cavou ruelas na areia. O homem foi até lá e se agachou e olhou para ela. O menino levantou os olhos. O oceano vai levar, não vai? falou.

Sim.

Está tudo bem.

Você consegue escrever o alfabeto?

Consigo.

Não estamos mais nos ocupando das suas aulas.

Eu sei.

Você consegue escrever alguma coisa na areia?

Talvez eu pudesse escrever uma carta para os caras do bem. Então se eles passarem vão saber que a gente esteve aqui. Podíamos escrever lá em cima onde o mar não conseguisse apagar.

E se os caras do mal vissem?

É.

Eu não devia ter dito isso. Podíamos escrever uma carta para eles.

O menino balançou a cabeça. Está tudo bem, ele disse.

Ele carregou a pistola sinalizadora e assim que escureceu eles saíram pela praia para longe da fogueira e ele perguntou ao menino se ele queria disparar.

Você dispara, Papai. Você sabe como fazer isso.

Está bem.

Ele empunhou a arma e apontou-a para a enseada e puxou o gatilho. O clarão descreveu um arco na penumbra com um longo ruído sibilante e explodiu em algum lugar lá adiante sobre a água numa luz nublada e ficou pendendo ali. Os filetes quentes de magnésio foram caindo vagarosamente pela escuridão e a pálida linha da oscilação da maré surgiu no clarão e aos poucos desapareceu. Ele abaixou os olhos para o rosto erguido do menino.

Eles não conseguiriam ver isso de muito longe, conseguiriam, Papai?

Quem?

Qualquer um.

Não. Não muito longe.

Se você quisesse mostrar onde está.

Você quer dizer para os caras do bem?

É. Ou para qualquer pessoa que você quisesse que soubesse onde você está.

Como quem?

Não sei.

Como Deus?

É. Talvez alguém desse tipo.

Pela manhã ele fez uma fogueira e caminhou pela praia enquanto o menino dormia. Tinha saído não fazia muito tempo mas sentiu um estranho desconforto e quando voltou o menino estava de pé na praia envolvido em seus cobertores esperando por ele. Ele apertou o passo. Quando o alcançou ele estava se sentando.

O que foi? ele disse. O que foi?

Não estou me sentido bem, Papai.

Ele colocou a palma da mão sobre a testa do menino. Ele estava ardendo. Ele o apanhou e levou até a fogueira. Está tudo bem, ele disse. Você vai ficar bem.

Acho que vou ficar doente.

Está tudo bem.

Sentou-se com ele na areia e segurou sua testa enquanto ele se curvava e vomitava. Limpou a boca do menino com a mão. Me desculpe, o menino disse. Shh. Você não fez nada de errado.

Levou-o ao acampamento e cobriu-o com cobertores. Tentou fazer com que bebesse um pouco d'água. Colocou mais lenha na fogueira e se ajoelhou com a mão em sua testa. Você vai ficar bem, disse. Estava aterrorizado.

Não vá embora, o menino falou.

É claro que eu não vou embora.

Nem por um tempinho só.

Não. Estou bem aqui.

Está bem. Está bem, Papai.

Ele o abraçou a noite inteira, cochilando e acordando aterrorizado, tentando sentir com a mão o coração do menino. Pela manhã não tinha melhorado. Tentou fazer com que bebesse um pouco de suco mas ele não quis. Apertou a mão contra sua testa, invocando um frescor que não vinha. Limpou sua boca pálida enquanto ele dormia. Vou fazer o que prometi, ele sussurrou. Não importa o que aconteça. Não vou te enviar para a escuridão sozinho.

Vasculhou no estojo de primeiros socorros do barco mas não havia nada de muito útil. Aspirinas. Bandagens e desinfetante. Alguns antibióticos mas tinham prazo de validade curto. Ainda assim eram tudo o que tinha e ele ajudou o menino a beber e colocou uma das cápsulas em sua língua. Estava banhado em suor. Já tinha tirado seus cobertores e agora abriu o zíper de seu casaco e despiu-o e depois tirou suas roupas e levou-o para longe da fogueira. O menino levantou os olhos para ele. Estou com tanto frio, disse.

Eu sei. Mas você está com a temperatura muito alta e temos que te esfriar.

Pode me dar um outro cobertor?

Sim. Claro.

Você não vai se afastar.

Não. Não vou me afastar.

Levou as roupas imundas do menino para a arrebentação e as lavou, parado e tremendo na fria água salgada nu da cintura para baixo e agitando-as para cima e para baixo e torcendo-as. Estendeu-as junto à fogueira em varas enterradas na areia de modo inclinado e colocou mais madeira no fogo e foi se sentar junto ao menino outra vez, alisando seu cabelo embaraçado. À noite abriu uma lata de sopa e colocou-a sobre os carvões e comeu e observou a escuridão se aproximando. Quando acordou estava deitado tremendo na areia e a fogueira tinha praticamente se reduzido a cinzas e era noite fechada. Ele se sentou desesperado e estendeu a mão para o menino. Sim, ele sussurrou. Sim.

Reacendeu a fogueira e pegou um pano e umedeceu-o e colocou sobre a testa do menino. A aurora invernosa se aproximava e quando havia luz suficiente para ver ele foi para a floresta para além das dunas e voltou arrastando um grande apanhado de ramos e galhos mortos e se pôs a quebrá-los e empilhá-los junto à fogueira. Esmagou aspirinas numa xícara e dissolveu-as em água e colocou um pouco de açúcar e se sentou e levantou a cabeça do menino e segurou a xícara enquanto ele bebia.

Caminhou pela praia, encurvado e tossindo. Ficou parado olhando para as ondas escuras lá adiante. Estava atordoado de fadiga. Voltou e se sentou junto ao menino e dobrou novamente o pano e enxugou sua testa e depois estendeu o pano sobre a testa. Você tem que ficar por perto, ele disse. Você tem que ser rápido. Para poder ficar com ele. Abraçá-lo bem perto de si. O último dia da terra.

O menino dormiu o dia todo. Ele o acordava a toda hora para beber água com açúcar, a garganta seca do menino se contraindo e fazendo ruídos espasmódicos. Você tem que beber ele disse. Está bem, falou ofegante o menino. Girou a xícara na areia à sua frente e pôs o cobertor dobrado como um travesseiro sob sua cabeça suada e cobriu-o. Você está com frio? ele disse. Mas o menino já tinha adormecido.

Tentou ficar acordado a noite inteira mas não conseguia. Despertava incontáveis vezes e se sentava e se estapeava ou se levantava para colocar madeira no fogo. Abraçava o menino e se curvava para ouvir a respiração difícil. A mão nas costelas magras e marcadas. Caminhou na praia até onde a luz alcançava e ficou parado com as mãos em punho no alto do crânio e caiu de joelhos soluçando de raiva.

Choveu brevemente à noite, um suave tamborilar sobre a lona. Ele puxou-a por cima deles e se virou e ficou deitado abraçado à criança, observando as chamas azuis através do plástico. Caiu num sono sem sonhos.

Quando acordou mal sabia onde estava. A fogueira tinha se apagado, a chuva tinha parado. Jogou a lona para trás e se levantou apoiado nos cotovelos. Luz cinzenta do dia. O menino o observava. Papai, ele disse.
Sim. Estou bem aqui.

Posso beber um pouco d'água?

Sim. Sim, claro que pode. Como você está se sentindo?

Estou me sentindo meio esquisito.

Está com fome?

Na verdade só estou mesmo com sede.

Deixe-me pegar a água.

Ele puxou para trás os cobertores e se levantou e passou pela fogueira apagada e pegou a xícara do menino e encheu-a com água do jarro de plástico, voltou e se ajoelhou e segurou a xícara para ele. Você vai ficar bem, disse. O menino bebeu. Ele fez que sim e olhou para o pai. Depois bebeu o resto da água. Mais, falou.

Fez uma fogueira e pendurou as roupas molhadas do menino e levou para ele uma lata de suco de maçã. Você se lembra de alguma coisa? ele disse.

Sobre o quê?

Sobre ter ficado doente.

Eu me lembro de ter disparado a pistola sinalizadora.

Você se lembra de ter trazido as coisas do barco?

Ele ficou sentado bebendo o suco. Levantou os olhos. Não sou idiota, ele disse.

Eu sei.

Tive uns sonhos estranhos.

Sobre o quê?

Não quero te contar.

Está tudo bem. Quero escovar seus dentes.

Com pasta de dente de verdade.

Sim.

Está bem.

Ele verificou todas as latas de comida mas não conseguiu encontrar nada suspeito. Jogou fora algumas que pareciam bastante enferrujadas. Ficaram sentados naquela noite junto ao fogo e o menino tomou sopa quente e o homem virou suas roupas fumegantes nas va-

ras e ficou sentado observando-o até que o menino se sentiu embaraçado. Pare de ficar me olhando, Papai, ele disse.

Está bem.

Mas ele não parou.

Dois dias depois caminhavam pela praia até o promontório e de
volta, caminhando com dificuldade em seus sapatos de plástico. Comeram refeições imensas e ele fez um telhado de meia-água com pano
de vela, cordas e varas para protegê-los do vento. Reduziu os suprimentos a um carregamento adequado para o carrinho e achava que
poderiam partir dentro de mais dois dias. Então voltando ao acampamento tarde naquele dia ele viu marcas de botas na areia. Parou e
ficou olhando para a praia. Oh Cristo, ele disse. Oh Cristo.

O que foi, Papai?

Ele tirou o revólver do cinto. Venha ele disse. Rápido.

A lona tinha sumido. Seus cobertores. A garrafa d'água e seu su-
primento de comida que estava no acampamento. O pano de vela tinha sido soprado até as dunas. Seus sapatos tinham sumido. Ele correu
até a faixa de areia com aveia-do-mar onde tinha deixado o carrinho
mas o carrinho tinha sumido. Tudo. Seu idiota, ele disse. Seu idiota.

O menino estava parado ali de olhos arregalados. O que aconteceu, Papai?

Eles levaram tudo. Venha.

O menino levantou os olhos. Estava começando a chorar.

Fique perto de mim, o homem disse. Fique bem perto de mim.

Podia ver as marcas do carrinho onde eles tropeçavam pela areia
fofa. Pegadas de bota. Quantas? Eles perderam de vista as marcas no
terreno mais firme depois das samambaias e em seguida as encontraram de novo. Quando chegaram à estrada ele parou o menino com
a mão. A estrada ficava exposta ao vento marinho e as cinzas tinham
sido sopradas para longe, à exceção de pontos aqui e ali. Não pise na

estrada, ele disse. E pare de chorar. Precisamos tirar toda a areia dos nossos pés. Venha. Sente-se.

Ele retirou os panos e plásticos que envolviam seus pés e sacudiu-os e amarrou-os de volta. Quero que você ajude, ele disse. Vamos procurar areia. Areia na estrada. Mesmo que só um pouquinho. Para ver em que direção eles foram. Está bem?

Está bem.

Eles partiram pela estrada em direções opostas. Não tinham ido muito longe quando o menino chamou. Está aqui, Papai. Eles foram nesta direção. Quando chegou lá o menino estava agachado na estrada. Exatamente aqui, ele disse. Era meia colher de chá de areia da praia caída de algum lugar na estrutura inferior do carrinho de compras. O homem ficou parado de pé e olhou para a estrada. Bom trabalho, ele disse. Vamos.

Puseram-se a caminho num trote regular. Um passo que achou que ele fosse conseguir acompanhar mas não conseguiu. Ele levantou os olhos para o menino, respirando com dificuldade. Temos que caminhar, ele disse. Se eles nos ouvirem vão se esconder na beira da estrada. Vamos.

Quantos são, Papai?

Não sei. Talvez só um.

A gente vai matar eles?

Não sei.

Seguiram em frente. O dia já ia adiantado e mais uma hora já tinha se passado e o longo crepúsculo avançava quando alcançaram o ladrão, curvado sobre o carrinho cheio, seguindo pela estrada diante deles. Quando olhou para trás e os viu tentou correr com o carrinho mas era inútil e por fim ele parou e ficou parado atrás do carrinho segurando uma faca de açougueiro. Quando viu o revólver recuou mas não deixou cair a faca.

Afaste-se do carrinho, o homem disse.

Ele olhou para eles. Olhou para o menino. Era um pária de uma das comunas e os dedos de sua mão direita tinham sido decepados. Tentou escondê-la atrás do corpo. Uma espécie de espátula carnuda. O carrinho estava cheio até o alto. Ele tinha levado tudo.

Afaste-se do carrinho e largue a faca.

Ele olhou ao redor. Como se pudesse haver ajuda em algum lugar. Esquelético, soturno, barbado, imundo. O casaco velho de plástico todo preso com fita isolante. O revólver era de ação dupla mas o homem engatilhou-o assim mesmo. Dois cliques altos. Fora isso apenas a respiração deles no silêncio da charneca salgada. Podiam sentir o cheiro dele em seus trapos imundos. Se você não largar a faca e se afastar do carrinho, o homem disse, vou estourar seus miolos. O ladrão olhou para a criança e o que ele viu fez com que se contivesse. Colocou a faca em cima dos cobertores, recuou e ficou parado.

Para trás. Mais.

Ele recuou de novo.

Papai? o menino disse.

Fique quieto.

Ele não tirava os olhos do ladrão. Maldito, ele disse.

Papai por favor não mate esse homem.

Os olhos do ladrão giravam loucamente. O menino chorava.

Vamos lá, cara. Eu fiz o que você disse. Escute o menino.

Tire a roupa.

O quê?

Tire-a. Até a última droga de peça.

Espera aí. Não faça isso.

Eu vou te matar aí mesmo.

Não faça isso, cara.

Não vou falar outra vez.

Tudo bem. Tudo bem. Vá com calma.

Ele tirou a roupa devagar e empilhou seus trapos desprezíveis na estrada.

Os sapatos.

Qual é, cara.

O ladrão olhou para o menino. O menino tinha se virado e

colocado as mãos sobre os ouvidos. Tudo bem, ele disse. Tudo bem. Sentou-se nu na estrada e começou a desamarrar os pedaços podres de couro atados aos seus pés. Depois se levantou, segurando-os numa das mãos.

Coloque no carrinho.

Ele se aproximou e colocou os sapatos em cima dos cobertores e recuou. De pé ali tosco e nu, imundo, faminto. Cobrindo-se com a mão. Já estava tremendo.

Coloque as roupas ali dentro.

Ele se abaixou e recolheu os trapos nos braços e empilhou-os por cima dos sapatos. Ficou parado ali abraçando o próprio corpo. Não faça isso, cara.

Você não se incomodou em fazer isso conosco.

Estou te implorando.

Papai, o menino disse.

Vamos lá. Escute o menino.

Você tentou nos matar.

Estou morrendo de fome, cara. Você teria feito a mesma coisa.

Você levou tudo.

Qual é, cara. Eu vou morrer.

Vou te deixar do jeito que você nos deixou.

Qual é. Estou te implorando.

Ele empurrou o carrinho para trás e colocou o revólver por cima e olhou para o menino. Vamos, ele disse. E partiram pela estrada rumo ao sul com o menino chorando e olhando para a criatura nua e magra como uma tábua lá atrás parada na estrada tremendo e abraçando o próprio corpo. Oh Papai, ele soluçou.

Pare.

Não consigo parar.

O que você acha que teria acontecido conosco se não tivéssemos alcançado ele? Pare.

Estou tentando.

Quando chegaram à curva da estrada o homem ainda estava lá de pé. Não havia lugar algum aonde pudesse ir. O menino não parava de olhar para trás e quando já não conseguia mais enxergá-lo parou e simplesmente ficou sentado na estrada soluçando. O homem parou o carrinho e ficou olhando para ele. Desenterrou os sapatos deles do carrinho e se sentou e começou a tirar os panos e plásticos do pé do menino. Você tem que parar de chorar, ele disse.

Não consigo.

Colocou os sapatos deles e depois se levantou e voltou pela estrada mas não conseguiu ver o ladrão. Voltou e ficou parado diante do menino. Ele foi embora, disse. Vamos.

Ele não foi embora, o menino disse. Olhou para cima. Seu rosto riscado de fuligem. Não foi.

O que você quer fazer?

Só ajudá-lo, Papai. Só ajudá-lo.

O homem olhou outra vez para a estrada.

Ele só estava com fome, Papai. Ele vai morrer.

Ele vai morrer de qualquer maneira.

Ele está com tanto medo, Papai.

O homem se agachou e olhou para ele. Eu estou com medo, falou. Está entendendo? Eu estou com medo.

O menino não respondeu. Continuou apenas com a cabeça baixa, soluçando.

Não é você quem tem que se preocupar com tudo.

O menino disse alguma coisa mas ele não conseguiu entender. O quê? falou.

Ele levantou os olhos, o rosto úmido e sujo. Sim, sou eu, ele disse. Sou eu.

Empurraram o carrinho vacilante outra vez para a estrada e ficaram parados ali no frio e na escuridão que se aproximava e chamaram mas ninguém veio.

Ele está com medo de responder, Papai.

Foi aqui que a gente parou?

Não sei. Acho que sim.

Foram pela estrada chamando na penumbra vazia, suas vozes perdidas na costa cada vez mais escura. Pararam e ficaram ali com as mãos em forma de concha na boca, gritando insensatamente para a desolação. Por fim ele empilhou as roupas e os sapatos do homem na estrada. Colocou uma pedra por cima. Temos que ir, ele disse. Temos que ir.

Acamparam sem fazer fogueira. Ele escolheu latas para o jantar e as aqueceu no bico de gás e comeram e o menino não disse nada. O homem tentava ver o rosto dele na luz azul que vinha do bico de gás. Eu não ia matá-lo, ele disse. Mas o menino não respondeu. Eles se enrolaram nos cobertores e ficaram deitados ali na escuridão. Ele achou que podia ouvir o mar mas talvez fosse só o vento. Sabia pela respiração dele que o menino estava acordado e depois de algum tempo o menino disse: Mas a gente matou ele.

Pela manhã comeram e se puseram a caminho. O carrinho estava tão cheio que era difícil empurrá-lo e uma das rodas estava enguiçando. A estrada descrevia uma curva ao longo da costa, feixes mortos de capim costeiro pendendo sobre o pavimento. O mar cor de chumbo se movendo à distância. O silêncio. Acordou naquela noite com a luz opaca de carbono da lua que atravessava o céu para além da penumbra tornando os vultos das árvores quase visíveis e ele virou o rosto tossindo. Cheiro de chuva ao longe. O menino estava acordado. Você tem que falar comigo, ele disse.

Estou tentando.

Desculpe-me ter te acordado.

Tudo bem.

Ele se levantou e foi até a estrada. Seu vulto negro correndo da escuridão para a escuridão. Depois um ribombo distante e baixo. Não era trovão. Dava para senti-lo debaixo dos pés. Um som sem igual e tão sem descrição. Alguma coisa imponderável se movendo lá fora na escuridão. A própria terra se contraindo com o frio. O barulho não se repetiu. Qual a época do ano? Qual a idade da criança? Caminhou até a estrada e ficou parado. O silêncio. O salitre da terra secando. Os vultos enlameados de cidades inundadas queimadas até a linha d'água.

Numa encruzilhada pedras de um dólmen no chão onde se desfazem os ossos de oráculos que antes falaram. Nenhum som além do vento. O que irá se dizer? Um homem vivo falou essas linhas? Afiou uma pena com seu pequeno canivete para escrever estas coisas em abrunho ou negro de fumo? Em algum momento marcado e reconhecível? Ele está vindo roubar meus olhos. Selar minha boca com terra.

Vasculhou entre as latas outra vez uma por uma, segurando-as na mão e espremendo-as como um homem verificando se as frutas de uma barraca estavam maduras. Separou duas que pareciam questionáveis e embalou o resto e encheu o carrinho e partiram novamente pela estrada. Em três dias chegaram a uma cidadezinha portuária e esconderam o carrinho numa garagem atrás de uma casa e empilharam caixas velhas por cima dele e depois se sentaram na casa para ver se alguém viria. Ninguém veio. Vasculhou dentro dos armários mas não havia nada ali. Precisava de vitamina D para o menino ou ele iria ficar raquítico. Ficou parado diante da pia e olhou para o caminho de entrada. Luz da cor de água suja se petrificando nos vidros imundos da janela. O menino se sentava recurvado à mesa com a cabeça nos braços.

Caminharam através da cidade e até as docas. Não viram ninguém. Ele levava o revólver no bolso do casaco e carregava a arma sinalizadora na mão. Caminharam até o píer, as tábuas toscas escuras com piche e presas com espigões às vigas lá embaixo. Postes de amarração de madeira. Cheiro fraco de sal e creosoto vindo da baía. Na margem distante uma fileira de armazéns e o vulto de um petroleiro avermelhado de ferrugem. Um alto pórtico de grua contra o céu soturno. Não há ninguém aqui, ele disse. O menino não respondeu.

Empurraram o carrinho por ruas secundárias e através dos trilhos da ferrovia e saíram de novo na estrada principal do outro lado da cidade. Quando passavam pelo último dos tristes edifícios de madeira alguma coisa passou assobiando ao lado de sua cabeça e ricocheteou com barulho na rua e se fragmentou contra a parede do bloco de edifícios do outro lado. Ele agarrou o menino e se jogou sobre ele e agarrou o carrinho para puxá-lo para junto deles. O carrinho virou e caiu espalhando a lona e os cobertores na rua. Numa janela mais no alto da casa ele pôde ver um homem apontando um arco para eles e empurrou a cabeça do menino para baixo e tentou cobri-lo com seu corpo. Ouviu o som vibrante da corda do arco e sentiu uma dor aguda e quente na perna. Ah seu imbecil, ele disse. Seu imbecil. Agarrou os cobertores removendo-os para um dos lados e estendeu a mão e pegou a pistola sinalizadora e se levantou e empunhou-a e descansou o braço na lateral do carrinho. O menino se agarrava a ele. Quando o homem voltou a aparecer entre a moldura da janela para disparar novamente com o arco ele atirou. O clarão subiu como um foguete na direção da janela num longo arco branco e puderam ouvir o homem gritando. Ele agarrou o menino e o empurrou para baixo e arrastou os cobertores para cima dele. Não se mexa, falou. Não se mexa e não olhe. Ele puxou os cobertores pela rua procurando o estojo da pistola sinalizadora. Finalmente o estojo escorregou para fora do carrinho, ele o agarrou, abriu e tirou dali os cartuchos, e recarregou a pistola e fechou a culatra e colocou o resto dos cartuchos no bolso. Fique bem aí onde você está, sussurrou. Deu uns tapinhas no menino através dos cobertores e se levantou e correu mancando pela rua.

Entrou na casa pela porta dos fundos com a pistola de sinalização empunhada na altura da cintura. A casa tinha sido despida de tudo a ponto de aparecerem os caibros verticais das paredes. Ele atravessou a sala de estar e ficou parado no pé da escada. Pôs-se a escutar para saber se havia movimento no andar de cima. Olhou pela janela da frente para onde o carrinho estava caído na rua e depois subiu a escada.

Uma mulher estava sentada no canto abraçada ao homem. Ela tinha tirado o casaco para cobri-lo. Assim que o viu começou a xingá-lo. A chama tinha incendiado o chão deixando uma trilha de cinzas brancas e havia um leve cheiro de madeira queimada no quarto. Ele atravessou o quarto e olhou pela janela. Os olhos da mulher o acompanharam. Esquelética, cabelo escorrido e grisalho.

Quem mais está aqui em cima?

Ela não respondeu. Ele passou por ela e foi aos outros quartos. Sua perna sangrava muito. Podia sentir as calças colando na pele. Voltou ao quarto da frente. Onde está o arco? ele disse.

Não está comigo.

Onde está?

Não sei.

Eles deixaram vocês aqui, não deixaram?

Eu me deixei aqui.

Ele se virou e desceu mancando a escada e abriu a porta da frente e saiu para a rua caminhando de costas e observando a casa. Quando chegou ao carrinho endireitou-o e empilhou as coisas deles de volta lá dentro. Fique perto, sussurrou. Fique perto.

Eles se alojaram num depósito na saída da cidade. Ele empurrou o carrinho pelo local até um quarto nos fundos, fechou a porta e empurrou o carrinho contra ela de lado. Tirou o bico e o tanque de gás e acendeu o bico e colocou-o no chão e depois desafivelou seu cinto e tirou as calças manchadas de sangue. O menino observava. A seta havia feito um corte logo acima do joelho com cerca de oito centímetros de extensão. Ainda estava sangrando e toda a coxa estava descolorada e podia ver que o corte era fundo. Alguma ponta de seta feita em casa usando metal, uma colher velha, sabe Deus o quê. Ele olhou para o menino. Veja se consegue encontrar o estojo de primeiros socorros, falou.

O menino não se mexeu.

Pegue o estojo de primeiros socorros, droga. Não fique aí parado.

Ele se levantou com um salto e foi até a porta e começou a vasculhar por baixo da lona e dos cobertores empilhados no carrinho. Voltou com o estojo, deu-o para o homem e o homem o apanhou sem comentários, soltou as presilhas e abriu-o. Alcançou o bico de gás e aumentou a chama para ter mais luz. Traga a garrafa d'água, falou. O menino levou a garrafa e o homem desatarraxou a tampa e derramou água sobre a ferida e a manteve fechada com os dedos enquanto limpava o sangue. Passou desinfetante no ferimento e abriu um envelope plástico usando os dentes e tirou uma pequena agulha de sutura em forma de gancho e um rolo de fio de seda e ficou sentado segurando o fio contra a luz enquanto passava-o pelo buraco da agulha. Pegou uma pinça no estojo e com ela segurou a agulha e começou a suturar a ferida. Trabalhava rápido, sem tomar muito cuidado. O menino estava agachado no chão. Olhou para ele e voltou a se ocupar com a sutura. Você não tem que olhar.

Está tudo bem?

Sim. Está tudo bem.

Está doendo?

Sim. Está doendo.

Deu um nó no fio, puxou-o para esticá-lo e cortou o fio com a tesoura do estojo e olhou para o menino. O menino estava olhando para o que havia sido feito.

Desculpe-me por ter gritado com você.

Ele ergueu os olhos. Está tudo bem, Papai.

Vamos recomeçar.

Está bem.

Pela manhã estava chovendo e um vento forte sacudia a vidraça nos fundos do depósito. Ele ficou de pé olhando para fora. Uma doca de aço meio desmoronada e submersa na baía. Cabines de barcos pesqueiros afundados se projetando das ondas encrespadas e cinzentas. Nada se movia lá fora. Qualquer coisa que pudesse se mover já tinha sido soprada para longe havia muito tempo. Sua perna latejava e ele tirou as bandagens e desinfetou a ferida e a examinou. A pele inchada e descolorada na treliça dos pontos pretos. Atou as bandagens e vestiu as calças endurecidas de sangue.

Passaram o dia ali, sentados em meio a caixas e engradados. Você tem que falar comigo, ele disse.

Estou falando.

Tem certeza?

Estou falando agora.

Quer que eu te conte uma história?

Não.

Por que não?

O menino olhou para ele e desviou o olhar.

Por que não?

Essas histórias não são verdadeiras.

Elas não têm que ser verdadeiras. São histórias.

É. Mas nas histórias estamos sempre ajudando as pessoas e nós não ajudamos as pessoas.

Por que você não me conta uma história?

Não quero.

Está bem.

Não tenho nenhuma história para contar.

Você podia me contar uma história sobre você mesmo.

Você já conhece todas as histórias sobre mim. Você estava lá.

Você tem histórias por dentro que eu não conheço.

Quer dizer como sonhos?

Como sonhos. Ou coisas em que você pensa.

É, mas as histórias deveriam ser felizes.

Elas não têm que ser.

Você sempre conta histórias felizes.

Você não tem nenhuma história feliz?

Elas são mais tipo vida real.

Mas as minhas histórias não são.

As suas histórias não são. Não.

O homem o observava. A vida real é bem ruim?

O que você acha?

Bem, acho que ainda estamos aqui. Um bocado de coisas ruins aconteceu mas ainda estamos aqui.

É.

Você não acha que isso seja tão bom.

Está bem para mim.

Tinham puxado uma bancada até a janela e estendido os cobertores e o menino estava deitado ali de barriga olhando para a baía lá fora. O homem se sentou com a perna esticada. No cobertor entre os dois estavam as duas armas e a caixa de cartuchos de sinalização. Depois de um tempo o homem disse: Acho que é bem boa. É uma história bem boa. Tem os seus méritos.

Está tudo bem, Papai. Eu só quero ter um tempo em silêncio.

E quanto aos sonhos? Você costumava me contar seus sonhos às vezes.

Não quero falar sobre nada.

Está bem.

De todo modo não tenho bons sonhos. Eles são sempre sobre alguma coisa ruim acontecendo. Você disse que tudo bem porque sonhos bons não são um bom sinal.

Talvez. Não sei.

Quando você acorda tossindo você anda lá pela estrada ou para algum lugar mas eu ainda posso te ouvir tossindo.

Sinto muito.

Uma vez eu te ouvi chorando.

Eu sei.

Então se eu não devia chorar você também não devia chorar.

Está bem.

Sua perna vai melhorar?

Vai.

Você não está falando por falar.

Não.

Porque ela está parecendo bem machucada.

Não está tão ruim.

O homem estava tentando nos matar. Não estava.

É. Estava.

Você matou ele?

Não.

Isso é verdade?

É.

Está bem.

Tudo bem para você?

Tudo.

Pensei que você não quisesse falar.

Não quero.

Partiram dois dias depois, o homem mancando atrás do carrinho e o menino grudado ao seu lado até terem saído dos arredores da cidade. A estrada corria junto à costa plana e cinzenta e havia montes de areia na estrada que o vento levara até lá. Isso tornava o avanço difícil e tinham que limpar o caminho em certos lugares com uma tábua que levavam na parte inferior do carrinho. Foram até a praia e se sentaram em meio à proteção das dunas e estudaram o mapa. Tinham levado o bico de gás com eles e esquentaram água e fizeram chá e ficaram sentados embrulhados em seus cobertores para se proteger do vento. Mais abaixo na costa as vigas gastas pelo tempo de um antigo navio. Vigas cinzentas e carcomidas pela areia, velhas cavilhas torneadas a mão. As ferragens marcadas e de um lilás intenso, fundidas em alguma forja em Cádiz ou Bristol e moldadas numa bigorna enegrecida, boas o suficiente para durar trezentos anos contra o mar. No dia seguinte eles passaram pelas tábuas das ruínas de um balneário e pegaram a estrada que ia para o interior através de uma floresta de pinheiros, o asfalto comprido e reto coberto de agulhas, o vento nas árvores negras.

Ele se sentou na estrada ao meio-dia sob a melhor luz que poderia ter e cortou as suturas com a tesoura e colocou a tesoura de volta no estojo e tirou de lá a pinça. Então começou a puxar os fiapinhos pretos da pele, apertando com a parte chata do polegar. O menino estava sentado na estrada observando. O homem apertava a pinça nas pontas dos fios e os puxava um por um. Pequenos pontos de sangue. Ao terminar guardou a pinça e atou o ferimento com gaze e depois se levantou e vestiu as calças e entregou o estojo ao menino para que o guardasse.

Isso doeu, não doeu? o menino disse.

É. Doeu.

Você é corajoso de verdade?

Mais ou menos.

Qual foi a coisa mais corajosa que você já fez?

Ele cuspiu na estrada um catarro ensanguentado. Levantar hoje de manhã, falou.

Mesmo?

Não. Não ouça o que eu digo. Venha, vamos continuar.

À noite o vulto escuro de uma outra cidade costeira, o grupo de edifícios altos vagamente desalinhados. Ele achava que as estruturas de ferro tinham amolecido com o calor e depois endurecido de novo deixando os edifícios desnivelados. O vidro derretido das janelas pendia congelado nas paredes como cobertura de bolo. Seguiram em frente. Durante a noite ele às vezes acordava na desolação negra e gelada, vindo de mundos suavemente coloridos de amor humano, as canções dos pássaros, o sol.

Apoiou a testa nos braços cruzados sobre a barra onde empurrava o carrinho e tossiu. Cuspiu uma baba ensanguentada. Tinha que parar para descansar mais e mais. O menino o observava. Em algum outro mundo a criança já teria começado a apagá-lo de sua vida. Mas ele não tinha uma outra vida. Sabia que o menino ficava deitado acordado à noite e com os ouvidos atentos para saber se ele estava respirando.

Os dias iam passando sem ser contados ou marcados em calendário. Pela rodovia interestadual à distância longas filas de carros carbonizados e enferrujados. Aros nus das rodas caídos numa espécie de lama dura e cinzenta de borracha derretida, em anéis enegrecidos de metal. Os cadáveres incinerados reduzidos ao tamanho de crianças e apoiados nas molas expostas dos assentos. Dez mil sonhos sepultados dentro de seus corações queimados. Seguiram em frente. Caminhando no mundo dos mortos como ratos numa esteira. As noites de um silêncio mortal e de uma escuridão ainda mais mortal. Tão frias. Mal conversavam. Ele tossia o tempo todo e o menino o observava cuspir sangue. Seguindo em frente cada vez pior. Imundos, esfarrapados, sem esperanças. Ele parava e se apoiava no carrinho e o menino seguia em frente e então parava e olhava para trás, erguia os olhos cheios de lágrimas para vê-lo parado ali na estrada, fitando-o de algum futuro inimaginável, luzindo na desolação como um tabernáculo.

A estrada cruzou uma depressão onde canos de gelo se projetavam da lama congelada como formações numa caverna. Os restos de uma velha fogueira na beira da estrada. Para além disso uma comprida estrada de concreto. Um pântano morto. Árvores mortas se projetando da água cinzenta com restos de musgo cinzento. O transbordar sedoso das cinzas sobre a calçada. Ficou parado apoiando-se no parapeito arenoso de concreto. Talvez na destruição do mundo fosse finalmente possível ver como ele fora feito. Oceanos, montanhas. O grave antiespetáculo das coisas deixando de existir. A desolação extensa, hidrópica e secularmente fria. O silêncio.

Tinham começado a se deparar com zonas de pinheiros mortos derrubados pelo vento, grandes esteiras de destroços abertas na região. Ruínas de construções espalhadas pela paisagem e meadas de fios de arame de postes na beira da estrada embaraçadas como linhas de tricô. A estrada estava entulhada com escombros e deu trabalho passar por ali com o carrinho. Por fim eles simplesmente se sentaram na beira da estrada e ficaram olhando para o que havia à frente. Telhados de casas, troncos de árvores. Um barco. O céu aberto lá adiante onde na distância o mar soturno vagarosamente oscilava.

Eles vasculharam as ruínas espalhadas ao longo da estrada e no fim ele achou uma bolsa de lona que poderia pendurar no ombro e uma maleta para o menino. Guardaram os cobertores e a lona e o que restava da comida enlatada e partiram outra vez com suas mochilas e bolsas deixando o carrinho para trás. Subindo com dificuldade através das ruínas. Avançando devagar. Ele tinha que parar para descansar. Sentou-se num sofá na beira da estrada, as almofadas inchadas de umidade. Curvado, tossindo. Puxou a máscara manchada de sangue de cima do rosto e se levantou e enxaguou-a no fosso e pendurou-a e permaneceu apenas parado ali na estrada. Seu hálito formando ondas de vapor branco. O inverno já tinha chegado. Virou-se e olhou para o menino. De pé com a maleta como um órfão esperando por um ônibus.

Em dois dias chegaram a um amplo rio sazonal onde a ponte jazia desmoronada na água que se movia lentamente. Sentaram-se na beira rachada da estrada e observaram o rio recuando sobre si mesmo e serpenteando sobre a malha de ferro. Examinou a região que ficava do outro lado da água.

O que a gente vai fazer Papai? ele disse.

Bem, o que a gente vai fazer, disse o menino.

Caminharam pela comprida língua de terra enlameada pela maré onde um barquinho jazia meio enterrado e ficaram parados ali o observando. Estava totalmente arruinado. Havia chuva no vento. Caminharam com dificuldade pela praia levando sua bagagem e procurando por abrigo mas não encontraram nenhum. Ele juntou uma pilha da madeira cor de osso que jazia ao longo da costa e acendeu uma fogueira e se sentaram nas dunas com a lona por cima e observaram a chuva fria vindo do norte. Caía com força, fazendo covinhas na areia. Saía vapor da fogueira e a fumaça subia em rolos vagarosos e o menino se enroscou debaixo da lona em que a chuva tamborilava e logo tinha adormecido. O homem puxou o plástico por cima de si e ficou observando o mar cinzento amortalhado lá adiante sob a chuva e as ondas quebrarem ao longo da costa e recuarem novamente sobre a areia escura e salpicada.

No dia seguinte encaminharam-se para o interior. Uma vasta e longa depressão onde samambaias e hortênsias e orquídeas selvagens viviam em efígies de cinzas que o vento ainda não alcançara. O progresso deles era uma tortura. Em dois dias quando chegaram a uma estrada ele colocou a bolsa no chão e se sentou curvado com os braços cruzados sobre o peito e tossiu até não conseguir mais. Dois dias mais e talvez tivessem viajado quinze quilômetros. Cruzaram o rio e pouco adiante chegaram a uma encruzilhada. Na região abaixo deles uma tempestade tinha passado sobre o istmo e nivelado as árvores mortas e pretas de leste a oeste como mato no leito de um rio. Ali acamparam e quando ele se deitou soube que não poderia avançar mais e que aquele era o lugar onde morreria. O menino ficou sentado a observá-lo, lágrimas jorrando dos olhos. Oh Papai, ele disse.

Ele o observou vir pela grama e se ajoelhar com a xícara de água que tinha buscado. Havia luz por toda parte ao redor dele. Pegou a xícara e bebeu e se deitou de novo. Tinham para comer uma única lata de pêssegos mas ele fez com que o menino comesse e não quis nada. Não consigo, falou. Está tudo bem.

Vou guardar metade para você.

Está bem. Guarde até amanhã.

Pegou a xícara e se afastou e ao sair a luz se afastou com ele. Quisera fazer uma tenda com a lona mas o homem não deixava. Disse que não queria nada cobrindo-o. Ficou deitado observando o menino junto à fogueira. Queria conseguir enxergar. Olhe ao seu redor, falou. Não há nenhum profeta na longa crônica da terra que não esteja sendo homenageado aqui hoje. Qualquer forma que você usou para se referir a você mesmo estava certa.

O menino achou que sentia cheiro de cinzas úmidas no vento. Seguiu um pouco pela estrada e voltou arrastando de volta um pedaço de compensado do lixo da beira da estrada e enfiou gravetos no chão com uma pedra e fez de compensado um telheiro frouxo mas no fim não choveu. Deixou a pistola de sinalização e levou o revólver consigo e percorreu a região em busca de algo para comer mas voltou de mãos vazias. O homem segurou sua mão, respirando com dificuldade. Você precisa seguir em frente, ele disse. Não posso ir com você. Você tem que continuar seguindo. Não sabe o que pode haver adiante na estrada. Nós sempre tivemos sorte. Você vai ter sorte de novo. Vai ver. É só seguir em frente. Está tudo bem.

Não posso.

Está tudo bem. Fazia tempo que isso estava para acontecer. Agora aconteceu. Continue indo para o sul. Faça tudo do jeito como fizemos.

Você vai ficar bem, Papai. Tem que ficar.

Não vou não. Fique com a arma o tempo todo. Você precisa encontrar os caras do bem mas não pode correr nenhum risco. Nenhum risco. Está ouvindo?

Quero ficar com você.

Você não pode.

Por favor.

Você não pode. Você tem que levar o fogo.

Não sei como fazer isso.

Sabe sim.

Ele é real? O fogo?

É sim.

Onde ele está? Não sei onde ele está.

Sabe sim. Está dentro de você. Sempre esteve aí. Posso ver.

Só me leve com você. Por favor.

Não posso.

Por favor, Papai.

Não posso. Não posso segurar meu filho morto em meus braços. Pensei que pudesse mas não posso.

Você disse que nunca ia me deixar.

Eu sei. Sinto muito. Você tem o meu coração todo. Sempre teve. Você é o melhor dos caras. Sempre foi. Se eu não estiver aqui ainda pode falar comigo. Fale comigo e eu vou falar com você. Você vai ver.

Eu vou te ouvir?

Sim. Vai sim. Tem que fazer como aquela conversa que você imaginou. E vai me ouvir. Tem que praticar. Só não desista. Está bem?

Está bem.

Está bem.

Estou com muito medo Papai.

Eu sei. Mas você vai ficar bem. Você vai ter sorte. Sei quem você é. Tenho que parar de falar. Vou começar a tossir de novo.

Está bem, Papai. Você não precisa falar. Está bem.

Saiu pela estrada até o mais longe que ousava e depois voltou. Seu pai estava adormecido. Sentou-se com ele sob o compensado e o observou. Fechou os olhos e falou com ele e manteve os olhos fechados e ficou escutando. Depois tentou de novo.

Acordou na escuridão, tossindo de leve. Ficou deitado escutando. O menino estava sentado junto à fogueira envolvido por um cobertor observando-o. Água gotejando. Uma luz diminuindo. Velhos sonhos ultrapassando os limites do mundo desperto. O gotejar era na caverna. A luz era uma vela que o menino levava numa haste de cobre batido. A cera respingava nas pedras. Pegadas de criaturas desconhecidas no solo mortificado feito de depósitos trazidos pelo vento. Naquele corredor frio eles tinham alcançado o ponto do qual já não havia mais volta que era medido desde o início apenas pela luz que levavam consigo.

Você se lembra daquele menininho, Papai?

Sim. Eu me lembro dele.

Você acha que ele está bem aquele menininho?

Oh sim. Acho que ele está bem.

Você acha que ele estava perdido?

Não. Não acho que ele estivesse perdido.

Estou com medo de que ele estivesse perdido.

Acho que ele está bem.

Mas quem vai encontrar ele se ele estiver perdido? Quem vai encontrar o menininho?

A bondade vai encontrar o menininho. Sempre encontrou. Vai encontrar outra vez.

* * *

Dormiu perto do pai naquela noite e abraçou-o mas quando acordou pela manhã seu pai estava frio e rígido. Ele ficou sentado ali por muito tempo chorando e depois se levantou e caminhou através da floresta até a estrada. Quando voltou se ajoelhou junto ao pai e segurou sua mão fria e disse seu nome de novo e de novo.

Ficou por três dias e depois caminhou até a estrada e olhou para a estrada adiante e olhou para a direção de onde tinham vindo. Alguém estava vindo. Ele começou a se virar e voltar para a floresta mas não voltou. Apenas ficou parado na estrada esperando, o revólver na mão. Tinha empilhado todos os cobertores em cima de seu pai e estava com frio e estava com fome. O homem que surgiu em seu campo de visão e que ficou parado ali o observando usava uma parca de esqui cinza e amarela. Levava uma espingarda de cabeça para baixo sobre o ombro presa a uma alça de couro trançado e usava uma cartucheira de náilon cheia de balas para a arma. Um veterano de velhos conflitos, barbado, com uma cicatriz no queixo e o osso esmagado e o único olho divagando. Quando falou sua boca não funcionou direito, nem quando sorriu.

Onde está o homem com quem você estava?

Ele morreu.

Era o seu pai?

Era. Era o meu pai.

Sinto muito.

Não sei o que fazer.

Acho que você devia vir comigo.

Você é um dos caras do bem?

O homem puxou o capuz de cima do rosto. Seu cabelo era comprido e estava embaraçado. Olhou para o céu. Como se houvesse alguma coisa ali para ser vista. Olhou para o menino. Sou, ele disse. Eu sou um dos caras do bem. Por que você não abaixa o revólver?

Eu não devo deixar ninguém pegar o revólver. Não importa o que aconteça.

Não quero pegar o seu revólver. Só não quero que você fique apontando ele para mim.

Está bem.

Onde estão as suas coisas?

Não temos muitas coisas.

Você tem um saco de dormir?

Não.

O que você tem? Alguns cobertores?

Meu pai está coberto com eles.

Mostre.

O menino não se moveu. O homem o observava. Ele se agachou num dos joelhos e tirou a espingarda que estava debaixo do braço e a colocou de pé sobre a estrada e se apoiou na culatra. Os cartuchos da espingarda nas voltas da cartucheira tinham sido carregados manualmente e as extremidades fechadas com cera de vela. Ele cheirava a fumaça de madeira. Veja bem, falou. Você tem duas escolhas aqui. Houve alguma discussão inclusive sobre vir ou não atrás de vocês. Você pode ficar aqui com seu pai e morrer ou pode vir comigo. Se você ficar tem que se manter longe da estrada. Não sei como chegou tão longe. Mas devia vir comigo. Você vai ficar bem.

Como eu posso saber que você é um dos caras do bem?

Não pode. Vai ter que correr o risco.

Vocês estão levando o fogo?

Nós estamos o quê?

Levando o fogo.

Você é meio maluquinho, não é?

Não.

Só um pouco.

Sim.

Tudo bem.

Então vocês estão?

O quê, levando o fogo?

É.

Sim. Estamos.

Vocês têm crianças?

Temos.

Vocês têm um menininho?

Temos um menininho e temos uma menininha.

Quantos anos ele tem?

Mais ou menos a sua idade. Talvez um pouco mais velho.

E vocês não comeram eles.

Não.

Vocês não comem gente.

Não. Nós não comemos gente.

E eu posso ir com vocês?

Pode. Pode sim.

Está bem então.

Está bem.

Entraram na floresta e o homem se agachou e olhou para o vulto cinzento e deteriorado sob a folha inclinada de compensado. Estes são todos os cobertores que você tem?

São.

Essa é a sua mala?

É.

Ele se pôs de pé. Olhou para o menino. Por que você não volta para a estrada e espera por mim. Vou levar os cobertores e tudo mais.

E o meu pai?

O que tem ele.

A gente não pode simplesmente deixar ele aqui.

Podemos sim.

Não quero que as pessoas vejam ele.

Não tem ninguém aqui para vê-lo.

Posso cobrir ele com folhas?

O vento vai soprá-las para longe.

A gente poderia cobrir ele com um dos cobertores?

Vou fazer isso. Agora vá.

Está bem.

Ele esperou na estrada e depois o homem saiu da floresta e estava trazendo a mala e os cobertores estavam sobre seus ombros. Selecionou um entre eles e o entregou ao menino. Tome, disse. Coloque isso em cima de você. Você está com frio. O menino tentou entregar-lhe o revólver mas ele não quis pegá-lo. Você fica com isso, falou.

Está bem.

Sabe como atirar?

Sei.

Está bem.

E o meu pai?

Não há mais nada a ser feito.

Acho que quero dizer adeus a ele.

Você vai ficar bem?

Vou.

Vá em frente. Eu te espero.

Ele voltou para a floresta e se ajoelhou ao lado do pai. Ele estava envolvido por um cobertor como o homem tinha prometido e o menino não o descobriu mas se sentou ao seu lado e chorava e não conseguia parar. Chorou por muito tempo. Vou conversar com você todo dia, sussurrou. E não vou me esquecer. Não importa o que aconteça. Então ele se levantou e se virou e caminhou de volta para a estrada.

A mulher quando o viu passou os braços ao seu redor e o abraçou. Oh, ela disse, estou tão feliz em te ver. Ela às vezes lhe falava sobre Deus. Ele tentava falar com Deus mas a melhor coisa era conversar com seu pai e falava com ele e não se esquecia. A mulher disse que estava tudo bem. Disse que o sopro de Deus era o seu sopro ainda embora passasse de homem para homem ao longo do tempo.

Antes havia trutas nos riachos das montanhas. Você podia vê-las paradas na correnteza cor de âmbar onde as extremidades brancas de suas barbatanas encrespavam de leve a superfície. Tinham cheiro de musgo na mão. Polidas e musculosas e se retorcendo. Em suas costas havia padrões sinuosos que eram mapas do mundo em seu princípio.

Mapas e labirintos. De algo que não podia ser resgatado. Não podia ser endireitado. Nos vales estreitos e profundos em que eles viviam todas as coisas eram mais antigas do que o homem e num murmúrio contínuo falavam de mistério.

1ª EDIÇÃO [2015] 13 reimpressões
2ª EDIÇÃO [2025]

ESTA OBRA FOI COMPOSTA EM ADOBE GARAMOND POR ANASTHA MACHADO
E IMPRESSA EM OFSETE PELA GRÁFICA PAYM SOBRE PAPEL PÓLEN NATURAL
DA SUZANO S.A. PARA A EDITORA SCHWARCZ EM MARÇO DE 2025

A marca FSC® é a garantia de que a madeira utilizada na fabricação do papel deste livro provém de florestas que foram gerenciadas de maneira ambientalmente correta, socialmente justa e economicamente viável, além de outras fontes de origem controlada.